CONTES DE NOËL

– politiquement corrects –

Du même auteur :

POLITIQUEMENT CORRECT.
Contes d'autrefois pour lecteurs d'aujourd'hui, Grasset, 1995.

DE PLUS EN PLUS POLITIQUEMENT CORRECT.
Nouveaux contes d'autrefois pour lecteurs d'aujourd'hui, Grasset, 1996.

JAMES FINN GARNER

CONTES DE NOËL
– politiquement corrects –

traduit de l'américain par
Janine Lévy

BERNARD GRASSET
PARIS

L'édition originale de cet ouvrage a été publiée en 1995 par MacMillan Publishing Company, à New York, sous le titre :

POLITICALLY CORRECT HOLIDAY STORIES :
For an Enlightened Yuletide Season

Illustrations de Louisa Amoroso traduites par Marc Taraskoff

Dédié aux valeureuses personnes
de l'université de Moorhead
où l'on a officiellement banni le gui
des décorations de Noël
car, à en croire Roland Dille, son directeur,
il inclinerait à « sanctifier
d'indésirables sentiments d'affection ».

Ainsi qu'à Lies et Liam,
mes lumineuses étoiles de Noël.

Introduction

Neige duveteuse. Verres pleins d'un lait de poule bien jaune. Visions de bonbons… A cette époque de fêtes, il serait bon que tout un chacun considère avec attention nos vieilles « traditions » de Noël et se rende compte à quel point elles sont encore cruelles et sélectives. Insister de la sorte sur les boules de neige et le « Noël immaculé », c'est bien sûr une gifle pour les gens des nations tropicales en développement qui n'ont jamais eu l'occasion de voir la neige dc leurs propres yeux. C'est tout simplement se payer la tête de nos végétariens convaincus que de leur offrir amicalement une coupe de lait de poule. Et n'importe qui relevant d'indigestion peut affirmer avec certitude que des visions de bonbons dansant dans la tête s'apparentent plus à un cauchemar qu'à un doux rêve.

Le manque de cœur, l'insensibilité dont regorge l'époque de Noël m'obligent une fois encore à accomplir mon devoir civique envers tous les tenants de la pensée juste, et à réviser, en fonction de notre ère plus délicate, nos contes favoris. Pour éviter qu'avec ce livre on ne m'accuse de vouloir tirer profit de la frénésie alimentaire du consommateur festif, permettez-moi de signaler que j'ai essayé de persuader mon éditeur de sortir ce livre à un moment plus calme de l'année, en février ou mars par exemple, quand tout le monde aurait été disposé à discuter ces idées nouvelles avec calme et bon sens. Malheureusement, la publication du livre avait été programmée pour l'automne car nous étions tombés d'accord pour penser qu'un Noël de plus à l'ancienne mode, c'était un Noël de trop.

A tous les cyniques qui croient qu'une célébration responsable et progressiste devrait aussi être ressentie différemment (c'est-à-dire, sans amusement), je conseillerai de réfléchir à l'évolution de nos traditions actuelles. Nous savons tous (ou nous devrions savoir) que les premiers chrétiens avaient choisi de célébrer l'anniversaire de leur Sauveur au moment des fêtes païennes d'hiver qui marquaient le retour du soleil. Ils pouvaient ainsi dire la « messe chrétienne » sans s'aliéner leurs voisins et en multipliant les chances d'être invités en même temps à de délicieuses agapes. Nous devrions tous nous inspirer d'un exemple aussi ancien de réjouissances conjointes. Quant aux néo-païens, ils peuvent être particulièrement fiers aujourd'hui de leur patrimoine/matrimoine.

Nous pourrions aussi, tirant un enseignement des nombreuses légendes et traditions orales, saisir dans ces fêtes l'occasion d'une pensée critique positive. Prenez par exemple le conte du vieux compagnon de vie à propos des animaux emprisonnés dans la basse-cour qui, le soir de Noël, se trouvent dotés de la parole. De prime abord, nous pourrions voir là une tentative inquiétante d'anthropomorphisation d'autres espèces, que l'on obligerait, contre leur volonté, à célébrer les fêtes des animaux humains au mépris de leurs propres traditions. Toutefois, en essayant d'imaginer ce que les animaux auraient à nous révéler des motivations de notre propre espèce, nous pourrions transformer cette fable en exercice de réflexion positive sur nous-mêmes. Que nos découvertes nous plaisent ou non, c'est un autre problème.

Il est sans aucun doute regrettable que la tâche qui consiste à libérer les fêtes de l'oppression de la tradition n'ait pas été entreprise plus tôt, et qu'elle ait été laissée à un individu de ma race, de ma classe et de mon sexe. Pour employer des images de saison, je ne me considère pas comme un roi mage, une lumineuse étoile, une lampe à huile miraculeuse, un festin de primeurs, un messager céleste, une piñata et autre bûche magique ou pudding brûlant. J'espère ne pas donner l'impression que je prends modèle sur le père Noël, cet autre membre de l'Elite de la Puissance Génitale, et que je me mêle de ce qui ne me regarde pas, car je suis convaincu que mes « dons » seront reconnus partout par les personnes bien-pensantes. Je n'ai qu'un désir, c'est que mes histoires vous plaisent, que vous partagiez votre satisfaction avec votre famille, avec les couples alternatifs ou tout autre groupe social ou non-social. J'espère qu'elles deviendront pour vous une nouvelle tradition, du moins juqu'à ce que quelque chose de mieux ne pointe à l'horizon. Et puissent vos fêtes être ce que vous déciderez d'en faire, si évidemment vous en faites quelque chose.

C'était la nuit du solstice

C'était la nuit du solstice et dans toute la copro
Pas une âme ne troublait le calme statu quo.

Pelotonnés dans leurs lits, les enfants bien au chaud
Rêvaient de lentilles et de pain complet chaud.

Après l'école, nous avions accueilli l'hiver, en ce jour,
Brûlant une bûche et dansant au son des tambours,

Façon plus sensée d'honorer la planète
Que d'acheter des gadgets pour la tante Janet,

Ou de tuer un arbre et de le faire sécher,
Pour, en catin saisonnière, l'attifer tout entier.

Ma compagne de vie et moi, le chauffage fermé,
Avions glissé sous les draps pour un sommeil bien
gagné

Quand du dehors nous parvint un tel fracas
Que je roulai par terre, tombé de mon matelas.

Je rampai jusqu'à la fenêtre, tournai la poignée,
Et marmonnai : « Et alors, ce comité de vigilance, où il
est ? »

J'aperçus en bas, dans l'obscurité de la nuit
Un traîneau et huit rennes, d'une taille hors gabarit

En tenait les rênes un coquin au cœur plein de fiel
Qui traitait ces cervidés comme ses esclaves personnels

Je l'avais déjà vu dans des pubs de location
d'automobiles
De nourriture express, de boissons sans alcool et de
téléphones mobiles.

Ces corvées mercantiles devaient être de bon rapport,
Car l'auto-satisfaction suintait par tous ses pores.

C'était la nuit du solstice

Il les appelait par leurs noms, comme s'il allait de soi
De les traiter en humains, dominés de plein droit.

« Allez Donder, allez Blitzen », et autres noms
excentriques,
Dénonçant ses vrais penchants eurocentriques.

Ils filèrent tous, sur un claquement de doigts,
Tels des bûcherons devant du pâté de soja.

Ils tirèrent le traîneau jusque sur le toit
(Les trous dans les bardeaux sont d'ailleurs encore là),

Et un homme en bondit, droit sur la cheminée.
Je sus à l'instant même comment procéder.

J'enfilai mes pantoufles et me pressai de descendre
Pour voir l'indésirable émerger des cendres,

Les habits noirs de suie, mais de bois, cette suie,
Notre source alternative d'énergie.

Sous la crasse je distinguais ses vêtements
Tout en fourrure passablement trempée de sang.

« Nous sommes une maison non-cruelle ! » criai-je, si
échauffé,
Que, saisi, il buta contre une bûche qui était à ses
pieds.

Il recula, étourdi, mais l'œil émoustillé.
C'est alors que je remarquai sa taille inusitée.

Il était presque aussi grand en largeur qu'en hauteur.
De friture bien grasse, me dis-je, un amateur.

Mais en plus, pour que toute personne saine soit
étouffée,
Une pipe, entre ses dents, vomissait de la fumée !

J'avais peine à croire que notre maison avait été
envahie
Par ce cancérigène salaud, aux formes trop rebondies.

Il avait le visage si rouge de ses dépenses d'énergie
Que j'attendais l'infarctus, pour tout de suite et ici.

Derrière lui, d'un sinistre butin plein à craquer,
Un sac de velours rouge venait s'ajouter,

« Où est votre arbre ? » demanda-t-il, surpris.
« Dans le jardin, répondis-je, là où il est chez lui. »

« Mais où vais-je mettre les présents que j'ai apportés ? »
Je le regardai en face et lui dis : « Offre-les

A des personnes frivoles qui se croient obligées
De céder à la maladie du commerce et de la cupidité,

Dont la seule joie consiste à consommer et
par conséquent
A faire monter en flèche les actions des marchands. »

Il cligna des yeux et dit : « Ho, ho, ho ! mais tu
plaisantes. »
Je lui opposai une expression dure et menaçante.

« Les enfants n'ont-ils pas besoin de s'amuser ?
L'enfance serait finie avant que de commencer ? »

Il chercha dans mes yeux un signe d'assentiment
Mais bandant ma volonté, je refusai mon
consentement.

« Ils ont des distractions en quantité
Et les stupides vôtres ne leur ont jamais manqué.

Ils apprennent la Réanimation Cardio Pulmonaire pour sauver des vies,
Et vont de porte en porte ramasser les vêtements défraîchis.

Ils recyclent, rénovent, réutilisent – et révèlent
Pour sauver la planète un louable zèle.

Et ils sont pour nous les meilleurs quand, à une barrière,
Ils s'enchaînent pour protester contre le nucléaire. »

Il dit : « Mais ce sont des bambins... alors, quand jouent-ils ? »
Je ripostai : « Est-ce pour cela que tu conduis ton engin mobile,

Pour apporter la joie au cœur des petits enfants ?
Très bien, ouvre ton sac, montre un peu ce qu'il y a dedans. »

C'était la nuit du solstice

Il s'exécuta, l'air penaud et, regardez !
Une poupée Barbie avec une jupe dorée.

« Et tu crois que mes filles avec ça elles joueront,
Avec cette icône du sexisme et de la consommation !

Avec sa silhouette bizarre et son sourire débile
Cette garce incite les filles à se rêver graciles,

A manger sans graisse, à s'empiffrer, à se purger,
Au lieu de leur corps respecter les nécessités

D'accepter la forme qu'il a choisie
Et de s'aimer grand, petit, maigre ou arrondi. »

Au plus profond de son sac il cherchait un joujou
Dont il disait : « Les petits garçons en sont fous. »

Et que mit-il dans mes mains tremblantes et agitées ?
Un fusil de la Compagnie des Cervelles Brûlées !

« Un triomphe, j'en suis sûr, dis-je en ricanant,
Et un fléau capable de souiller l'humanité totalement !

Pourquoi pas des grenades ou des bazookas
Pour que *tous* nos enfants deviennent de pauvres
bêtas ? »

Je saisis son sac pour voir de première main
Les ordures répandues par cet odieux lutin.

Un Four Facile – ah, Déesse, quelle perfide manière
D'emprisonner les filles dans des tâches ménagères !

Puis un tir à l'arc avec des flèches qui volaient...
Pour vous crever l'œil, tout y était.

Des tracteurs en métal, des pelles, des grues, des bennes
Pour détruire les forêts et mutiler les plaines,

Et des « jeux » comme La Bonne Paye ou le Monopoly,
Il n'est jamais trop tôt pour des leçons de pingrerie.

Et de Cervelles Brûlées et Cie d'autres armes encore :
Canons, nunchakus et rayons de la mort.

Voilà ce que je trouvai dans son sac de velours :
Perversité, destruction, éducation à rebours

(Mais j'y trouvai aussi un livre qui me fit réfléchir, à sa manière,
De jolis contes pour enfants par un nommé Garner.)

« Nous ne voulons rien de tout ça, déclarai-je, ronchon,
Pas de ce commerce habituel de saison.

A notre progéniture, ces jouets ne manqueront pas
Car nous avons semé en elle plus de vertus que ça. »

L'homme avait l'air un brin désespéré
Lorsqu'il endossa son paquetage, prêt à s'en aller.

« Je plains les enfants qui grandissent alentour
Sans pouvoir se distraire un seul jour,

Sans pouvoir s'amuser juste pour s'amuser
Toujours à se tracasser !... J'en ai le cœur brisé. »

« Trêve de mélodrame ! Ne plains pas nos gamins
De faire fi des invites des grands magasins

Ils vivent selon leurs principes, en premier lieu,
Et savent ce qui est important », dis-je, présomptueux.

« S'il te plaît, pourrais-je les rencontrer ? – Oh, non, ils n'y sont pas prêts,
Ils sont sur le toit, à libérer tes animaux de trait. »

Le père Noël se mit alors à bredouiller, le doigt levé,
Mais tout furieux qu'il était, sans s'attarder,

Il s'envola par la cheminée comme de la fumée,
Et j'entendis sur le toit des voix s'élever.

Je courus au-dehors pour voir ses réactions
Aux actes de mes enfants, responsables au cœur bon.

Il les chassa au loin et abattu, consterné,
Réattela ses rennes (qui, dociles, n'avaient pas bougé).

Puis il fila, ce qu'avec joie je constatai
Car il serait trop gêné pour revenir après.

Mais savez-vous ce que cet enrobé colporteur
Montant dans son traîneau, dédaigneux, dit sur l'heure,

Cet asservisseur de rennes, cet exploiteur narquois ?
« Joyeux Noël à tous, mais débrouillez-vous sans moi ! »

Gla-Gla
la personne de neige

Bob et Betty étaient deux enfants qui se querellaient pour tout. Ils se querellaient parfois pour de grandes choses, parfois pour de petites choses (et comme dans la plupart des conflits en communication mâle/femelle, ils ne pouvaient même pas s'entendre, en général, sur ce qu'étaient de grandes ou de petites questions). Et aucune espèce d'intervention ne pouvait couper court à leurs chamailleries.

Un jour d'hiver, frustré, leur surveillant les avait envoyés jouer dehors. Une couche de neige, la première de la saison, s'était accumulée la nuit précédente et le monde extérieur avait l'air aussi glacé qu'un gâteau d'asservissement au mariage. Tandis que tout miroitait autour d'eux, Bob et Betty essayaient de se mettre d'accord sur un jeu.

Allaient-ils fabriquer un fort de neige ? Trop militariste, déclara Betty.

Et des anges de neige ? Non, protesta Bob, ils avaient été élevés en agnostiques. De plus, un tel étalage public de figures religieuses pourrait en mettre certains mal à l'aise.

Et ainsi de suite avec la luge, le patin à glace et les batailles de boules de neige – tous rejetés pour une raison ou une autre. Puis Betty proposa de créer des personnages de neige. Bob eut beau chercher, il n'arriva pas à trouver un inconvénient à cette idée, si bien qu'ils se mirent à faire les plus grosses boules de neige possibles. Puis ils les posèrent l'une sur l'autre pour figurer un corps. Betty en fit une plus petite pour la tête qu'elle mit par-dessus les deux autres. Deux petites branches servirent à lui donner des bras, deux morceaux de charbon et un bouton à lui donner un visage. Bob voulut lui mettre un épi de maïs dans la bouche en guise de pipe, mais Betty lui objecta que cela sous-entendait une approbation qui pouvait causer du tort aux enfants les plus influençables du voisinage.

Bob répliqua, furieux :

– Quand je fais un bonhomme de neige, il a toujours une pipe en épi de maïs.

– Qu'est-ce que tu veux dire ? demanda Betty. C'était mon idée, et pour moi c'est une bonne femme de neige !

– Mais il a la forme d'un homme ! riposta Bob.

– Seulement d'un point de vue phallocentrique sur le monde, comme le tien ! lui rétorqua Betty.

– Mais comment cela pourrait-il être une femme si nous le coiffons de notre vieux chapeau haut de forme ? Les femmes ne portent pas de chapeau haut de forme !

– Ah, oui ? Et Marlène Dietrich ?

Et ainsi de suite, sans qu'aucun d'eux cédât d'un pouce, tandis que le personnage de neige restait là, témoin silencieux. Décidé à montrer à sa sœur qu'il s'agissait bien d'un individu de neige masculin, Bob lui posa violemment le chapeau sur la tête.

Cela fait, le vent commença à souffler en bourrasques, et des cristaux de neige se mirent à tournoyer autour d'eux, véritable tornade glaciale. Puis, aussi brusquement qu'il avait débuté, le vent se calma. Bob et Betty essuyèrent leurs yeux pleins de neige. Et ils allaient reprendre leur discussion quand quelqu'un demanda, d'une voix innocente :

– Pourquoi toutes ces histoires ?

Le frère et la sœur s'arrêtèrent et se tournèrent du côté d'où venait la voix. Et là, juste à l'endroit où ils avaient assemblé leur personnage, se tenait un être de neige vivant, respirant et s'exprimant à la perfection ! Ils restèrent bouche bée à contempler ce miracle.

– C'est une discussion qui me paraît bien ridicule, continua-t-il, d'autant plus que vous n'avez pas jugé bon de me doter d'attributs privés.

Betty reprit rapidement ses esprits.

– Peu m'importe que vous soyez née il y a seulement un instant, dit-elle. Comment pouvez-vous être assez naïve pour penser que le genre d'une personne est déterminé par son équipement physique ? C'est avant tout un problème culturel.

– Si vous tenez à vous fâcher, répliqua le nouveau venu, dites-moi donc pourquoi vous alliez m'assigner un genre sans d'abord vous soucier de ma préférence ?

Betty rougit, honteuse de son insensibilité.

– Eh bien, que préférez-vous ? demanda Bob.

– Après avoir vu la façon dont vous communiquez tous les deux, je n'en préfère aucun. Je crois que j'aimerais mieux être appelé une « personne de neige ».

– Et quel nom vous donner alors ? demanda Betty, qui essayait de réparer ses torts.

– Pour illustrer de façon post-moderne les idées préconçues de la société dans son ensemble, je vais choisir un nom qui tombe sous le sens. Appelez-moi donc Gla-Gla !

Bob et Betty furent d'accord pour trouver que c'était un nom merveilleux. L'apparition de leur nouvel ami était si miraculeuse, si excitante, qu'ils oublièrent complètement leur précédente querelle. Gla-Gla et les pré-adultes dansèrent, jouèrent et s'amusèrent ensemble pendant des heures, sans que les enfants se disputent une seule fois.

Le soleil montait dans le ciel ; les enfants gambadaient toujours, mais Gla-Gla commençait à se sentir humide et pesant. Bientôt, la personne de neige eut du mal à se maintenir à leur niveau.

– Qu'est-ce qui se passe, Gla-Gla ? lui demandèrent-ils, inquiets.

– Oh, c'est qu'il fait si chaud ! répondit Gla-Gla. Je ne suis pas comme vous, de chair et de sang. Si la température continue de monter, il ne restera bientôt plus rien de moi.

– La terre se réchauffe à cause de la diminution de la couche d'ozone, déclara Bob. Nous avons appris ça à l'école Montessori.

– La couche d'ozone ? répéta Gla-Gla. Je ne sais pas ce que c'est, mais il faut faire quelque chose en vitesse, sinon je vais me transformer en flaque d'eau.

– Que penseriez-vous d'une marche sur Washington ? proposa Betty.

– Oui, c'est exactement ce qu'il faut faire, approuva son frère.

– Alors, dépêchons-nous, dit Gla-Gla. Si nous sommes assez nombreux, le gouvernement sera *obligé* de prendre des mesures.

Gla-Gla fit le tour du voisinage, mobilisant tous les citoyens de neige. Dans les cours, dans les jardins, dans les parcs, sur les terrains de jeu, il fit part de son plan aux personnes de neige de toutes tailles et de toutes formes. La magie de son chapeau claque et la passion qu'il mettait dans ses discours les encouragèrent à secouer les chaînes de glace de leur passivité et à engager une action positive pour leur propre survie. Bientôt, le charismatique Gla-Gla eut réuni une foule assez nombreuse, prête à aller exposer ses motivations au gouvernement.

Bob et Betty prirent également part à l'affaire. Ils enrôlèrent Spot, leur chien, et Pouff, leur chat, et se préparèrent à partir. Puis ils convoquèrent leurs amis Ahmed et Fatima, leurs amis Ho-shi et Chin-wa, leurs amis Shadrach et Lu'Minaria, leur amie Heather et ses deux mamans, et ils se joignirent tous à la marche des personnes de neige.

Gla-Gla marchait en tête du cortège, brandissant un balai. D'autres portaient des pancartes avec des messages tels que « Un trou dans l'ozone = Un trou dans la zone de neige » ou « Nous ne voulons pas finir fondus ». Sur la route de Washington, ils enrôlèrent d'autres supporters, de neige ou non, sans distinction. Gla-Gla et ses amis attirèrent aussi l'attention des médias car les yeux sombres de ces personnes de neige à la Rubens, cela faisait « de la TV du tonnerre » pour les équipes de vidéo.

Les marcheurs arrivèrent bientôt dans l'Allée du Capitole, déterminés à y camper jusqu'à ce que le président accepte de les rencontrer et de s'intéresser à leur problème. Là où les protestataires de glace étaient rassemblés, on aurait dit que l'allée était couverte d'un tapis de peluche blanche, avec de minuscules grappes humaines jetées par-dessus comme des pierres de couleur. Malheureusement, le climat de Washington n'étant pas particulièrement frais, nombreuses étaient les personnes de neige qui commençaient à se sentir très mal.

La nouvelle arriva assez vite : le vice-président avait accepté de s'entretenir avec Gla-Gla à la télévision, en tête à tête et à distance, sur les mesures à prendre pour mettre un frein à la dégradation de la couche d'ozone. L'excitation se propagea dans tout le campement. Enfin, leur problème allait être pris au sérieux !

Une équipe de cameramen arriva plus tard ce jour-là pour installer les fauteuils, les moniteurs et les caméras dont on allait avoir besoin. Bob et Betty étaient particulièrement heureux pour Gla-Gla, qui était devenu leur grand ami. En fait, depuis son arrivée, les enfants ne s'étaient pratiquement pas disputés. Betty prit Gla-Gla par le cou :

– Nous sommes si fiers de toi ! lui dit-elle.

– Euh, merci, répondit Gla-Gla, mais je n'ai encore rien fait. Vous devriez plutôt être fiers de voir comment tout le monde s'est uni – de neige et de peau, sans distinction – pour œuvrer à la protection de l'environnement. Maintenant, je vous en prie, écoutez-moi bien. Si jamais il m'arrivait quelque chose, j'espère que vous serez capables alors d'arrêter de vous quereller et de me remplacer à la tête du mouvement.

Bob et Betty lui promirent de faire de leur mieux.

C'était l'heure, l'émission allait commencer. Les gens de la TV tentèrent de maquiller un peu Gla-Gla, d'atténuer l'éclat aveuglant de son front, mais ils s'aperçurent bien vite que la tâche était désespérée. Gla-Gla s'installa dans le fauteuil qu'on lui avait attribué et attendit le signal du réalisateur.

Tout à coup, les projecteurs s'allumèrent et on leur fit signe qu'ils étaient à l'antenne. Par respect pour sa fonction, Gla-Gla laissa le vice-président prendre la parole le premier. Et tandis qu'il parlait, Gla-Gla, qui souffrait de la chaleur, se sentait de plus en plus apathique. Quand le vice-président eut fini, il essaya d'exposer fermement sa position, mais était si fatigué qu'il s'interrompait souvent pour reprendre son souffle. A mesure que le temps passait, Gla-Gla, visiblement toujours plus mal, s'affaissait dans son fauteuil. Quand Bob et Betty s'écrièrent : « Stop ! Eteignez les lumières ! », il était déjà trop tard. Sur la chaîne nationale, sous l'éclat des projecteurs, Gla-Gla avait été irrémédiablement réduit à l'état de flaque d'eau grise.

Comme le reste des protestataires, Bob et Betty furent très tristes pour leur ami. Mais en fin de compte, sa mort n'était pas tragique. Gla-Gla avait donné de l'état critique de la couche d'ozone une vision beaucoup plus dramatique que ne l'eût fait un escadron de scientifiques. Tous ceux qui regardaient la télévision ce jour-là furent profondément émus par le courageux sacrifice de Gla-Gla. La Maison Blanche et le Capitole restèrent illuminés pendant des heures et, au bout de quelques semaines, de nouvelles règles de conduite, relatives à l'industrie et aux agences gouvernementales, avaient été édictées de façon à réduire les émissions mangeuses d'ozone.

Bob et Betty ramassèrent le chapeau haut de forme de Gla-Gla et rentrèrent chez eux. Ils essayèrent d'obéir à leur ami et d'arrêter de se chamailler, mais privés de son influence apaisante, cela leur était très difficile. Ils n'arrivaient pas à concilier leurs idées très différentes sur la manière d'honorer la mémoire de Gla-Gla et de maintenir leur mouvement en vie. A mesure que le temps se réchauffait, il leur vint d'autres sujets de dispute et ils commencèrent à oublier leur ami hivernal. L'année suivante, quand ils tentèrent de retrouver la magie de cette première chute de neige, il leur fut impossible de remettre la main sur le chapeau haut de forme de Gla-Gla et ils durent se résigner à fabriquer des personnes de neige affrontant leur destin stoïquement et en silence.

Casse-Noisette

Une fois, il y a bien longtemps, les parents de Marie recevaient à la veillée de Noël leurs nombreux amis et relations. Cette fête était un événement annuel chez eux, l'occasion unique pour chacun d'oublier ses soucis, de danser, de bavarder, et de manger le plus de choses grasses et sucrées possiblc. (Les parents de Marie estimaient que l'organisme devait se libérer de ces pulsions à date fixe.) Pour les enfants, le chef mettait toujours au four un grand château de pain d'épice, merveilleusement décoré de serfs et de paysans en pâte d'amande escaladant les murailles et jetant pardessus le parapet le roi parasite et sa famille.

Ces soirées étaient toujours une joie pour Marie et son frère Fritz parce qu'elles signifiaient des cadeaux, et en particulier des cadeaux de leur oncle Drosselmeier. Leur oncle était un type d'un genre mystérieux, hors du commun, dont le style de vie alternatif (si toutefois il avait même un style de vie) était l'objet de nombreuses spéculations. Le visage décharné, il portait une gigantesque perruque poudrée et un bandeau sur l'œil (« Surtout pour impressionner » disait le père de Marie). Il était enclin aux gestes théâtraux, à s'habiller de façon excentrique et ostentatoire, à faire tout ce qui pouvait secouer la suffisance bourgeoise. Mais Marie et Fritz aimaient leur charismatique parent, à la fois pour son attitude indépendante et pour les merveilleux jouets mécaniques et compliqués qu'il leur fabriquait.

En cette veillée de Noël, leur oncle arriva plus tard que de coutume, mais le délai n'avait fait que décupler le plaisir de le voir. Tous les invités avaient déjà engouffré leur dîner lorsqu'il apparut dans le grand hall, un sac sur l'épaule. Marie, Fritz et les autres enfants contenaient difficilement leur joie et, dans leur hâte de voir ce qu'il avait apporté cette année-là, faillirent le faire tomber par terre.

A grand renfort de grognements énigmatiques et de gesticulations, leur oncle fouilla dans son sac. Il était entouré non seulement de pré-adultes, mais également d'adultes pleins de curiosité. Tout en souriant de l'attention qu'on lui portait, l'homme à l'excentricité augmentée exhiba une toupie en argent, décorée de mystérieux symboles.

– Pour que la cérémonie de remise des cadeaux de fête revête un caractère exclusif et incomparable, dit-il d'une voix chevrotante, voici ce que j'ai mis au point : la première toupie automatique à quatre faces.

Il posa sa petite merveille sur la table, où elle se mit à tourner d'elle-même, scintillante, étincelante, ronronnante. Elle finit par ralentir et tomba sur le côté avec un étrange cliquetis, puis se mit à cracher des pièces de monnaie par une petite fente située près de la pointe.

Le souffle coupé, tout le monde applaudit ce miracle de la mécanique, mis à part quelques rabat-joie, lesquels se lamentaient qu'avec tous ces nouveaux jouets automatiques les enfants ne fussent plus capables de se distraire tout seuls. De son sac, l'oncle Drosselmeier sortit ensuite une poupée, qui avait l'air plutôt banale après cette spectaculaire toupie. Il eut un petit sourire narquois devant la visible déception de tous, puis tourna quelque chose dans le dos de la poupée. « Maman, dit celle-ci d'une voix on ne peut plus naturelle... ou Papa... celui des pourvoyeurs de soins qui se trouvera disponible... »

L'assemblée trouva cela tout à fait ingénieux, et aussi socialement progressiste. L'oncle tendit la poupée à sa nièce qui s'en empara précautionneusement. Puis il sortit de son sac l'ultime cadeau, un casse-noisette taillé à la main, habillé en soldat et qui avait une expression des plus comiques. Il tendit ce petit personnage à Fritz.

Oh, de quelles clameurs cet objet ne fut-il pas accueilli ! Comme s'il ne suffisait pas déjà d'avoir conforté les sexes dans leurs rôles en offrant la poupée à Marie ! Donner par-dessus le marché à Fritz, jeune et impressionnable comme il était, un symbole aussi patent de la castration et de l'émasculation, voilà qui était inexcusable ! La colère était telle que l'oncle Drosselmeier eut bien peur d'être jeté dehors.

– Je n'y ai vu aucun mal, protesta-t-il en toute sincérité. Je voulais seulement partager les jouets de manière équitable...

Il échangea alors la poupée et Casse-Noisette entre Fritz et Marie. (Des années plus tard, cet incident reviendrait à la mémoire de Fritz lorsqu'il entreprendrait une thérapie de ses souvenirs refoulés, au grand dam de son oncle bien intentionné, légitimement impliqué.)

Casse-Noisette plaisait beaucoup à Marie qui joua avec lui tout le reste de la soirée. Les invités burent et mangèrent jusque très avant dans la nuit, sans une pensée pour la purge et le lavement dont ils auraient besoin le lendemain matin. Après leur départ, le père de Marie essaya de la convaincre qu'il était temps d'aller au lit.

– S'il te plaît, est-ce que je peux rester encore un petit peu ? demanda-t-elle. Casse-Noisette est en train de me raconter pourquoi il a quitté l'armée.

Epuisé, son père sourit et monta l'escalier. Un peu plus tard, Maric rangea Casse-Noisette sur une étagère du placard, juste au moment où la pendule sonnait minuit. Comme le dernier coup retentissait, d'étranges choses se produisirent soudain. Du plancher et des plinthes s'échappa, en glapissant, une foule de rats, des centaines de rats, une armée entière de rats ! Parmi eux se tenait leur chef, le

Roi des Rats multicéphale qui portait une couronne d'or sur chacune de ses sept têtes.

Marie contemplait ce spectacle avec émerveillement quand elle entendit les jouets remuer et crier dans le placard.

– Au secours ! Le Roi des Rats et ses forces expansionnistes sont de retour ! Oh, sauve-nous, Casse-Noisette ! Conduis-nous à la bataille !

A sa grande stupeur, Marie vit son petit ami Casse-Noisette s'avancer et s'adresser à tous :

– Chers citoyens, réfléchissez une minute. Voulez-vous vraiment perpétuer le mythe du Grand Homme de l'Histoire, de l'Histoire homologuée/femmologuée ? Les événements importants sont le fruit de la volonté du peuple et non de la mégalomanie d'un individu unique !

Les jouets reconnurent que leur impulsion première avait été un rien servile et réactionnaire. Ils formèrent un comité pour étudier des plans d'action susceptibles de faire opposition à l'avance du Roi des Rats. Puis ils nommèrent Casse-Noisette à la tête d'une commission d'enquête et d'échanges culturels chargée d'établir un dialogue avec les rats.

La commission d'enquête s'en alla et revint vingt minutes plus tard, en loques et en sang. Les jouets votèrent alors la création d'une cellule de crise, avec Casse-Noisette toujours à la barre. Cette cellule s'en alla en mission et revint quinze minutes plus tard, dans un état encore pire. Leurs options de non-agression paraissaient bien défaillantes.

Après de nombreux débats, les jouets finirent par adopter un plan d'action. Ils enverraient une équipe de médiateurs négocier un règlement pacifique de la crise actuelle. En dépit de son aspect loqueteux, Casse-Noisette fut de nouveau choisi pour conduire la délégation. Avec la bénédiction et les vœux des autres jouets et de Marie, l'équipe se mit en route. Vingt minutes passèrent sans aucun écho, puis une heure, puis quatre-vingt-dix minutes. Finalement, au bout de deux heures d'attente anxieuse, les médiateurs revinrent porteurs d'heureuses nouvelles.

– Nous avons conclu un accord avec le Roi des Rats, déclara Casse-Noisette. Si nous leur permettons de libérer régulièrement la nourriture du garde-manger, ils se retireront du territoire qu'ils occupent en ce moment.

Les jouets acclamèrent et félicitèrent l'équipe des médiateurs pour leur sagesse et le dur travail accompli.

Casse-Noisette alla vers Marie, qui était restée pour apporter son appui aux jouets assiégés.

– Le Roi des Rats est loin d'être aussi dangereux et irrationnel qu'il y paraît, lui expliqua le personnage de bois. J'ai finalement compris qu'à cause de ses sept têtes, il devait souffrir d'une espèce de désordre de sa multiple personnalité qui le rendait psychotique et paranoïaque. Dès que j'ai réussi à entrer en contact avec la partie la plus rationnelle et la plus judicieuse de son personnage, il nous a été facile de parvenir à un accord.

– Bravo ! s'écria Marie. Votre dévouement est digne de louanges. Il est évident que les rats sont exploités et marginalisés depuis beaucoup trop longtemps.

Casse-Noisette lui fit un salut courtois.

– Et maintenant, chère Marie, je voudrais vous emmener en voyage dans mon propre royaume, en passant par le Bois de Noël et la Clairière Féerique des Bonbons, jusqu'à la capitale du Pays des Jouets, la stupéfiante Candiville !

Surprise par sa proposition, Marie balbutia :

– Je... je regrette, mais... non.

Casse-Noisette parut tout déconfit et sa mâchoire plus-grande-que-la-moyenne lui tomba sur la poitrine.

– Vous comprenez, nous avons justement discuté ce genre de problème dans notre Groupe Féminin d'Etude des Contes, expliqua Marie. Ce que nous leur reprochons, c'est que ce sont toujours les jeunes femmes qui sont obligées d'entreprendre ces voyages perturbateurs. Ce qui, en clair, implique que nous sommes toutes dociles, sans défense et faciles à manipuler, que nos antécédents et nos identités sont de moindre importance. Et même vous, vous devriez être capable de voir combien un pareil voyage est symbolique de la violence du rapt qui survient pendant la nuit de noces. Par conséquent, en mémoire de Dorothée et d'Alice – pauvre petite Alice ; elle n'a jamais pu renouer avec la réalité, vous savez – je me vois obligée de refuser.

Casse-Noisette se sentit un peu bête après ça. Il n'avait pas eu conscience du symbolisme de son invitation et n'avait certainement jamais eu l'intention de se montrer irrespectueux. Il présenta poliment ses excuses à Marie et rassembla tous les jouets qu'il remit dans le placard. Le salut courtois que lui fit Casse-Noisette, qu'elle accepta avec la même grâce qu'il avait été offert, fut la dernière chose que Marie se rappela.

Le lendemain matin, Marie se retrouva lovée sur le plancher du salon, à côté du placard aux jouets. Ils étaient tous à leur place habituelle avec, au milieu d'eux, Casse-Noisette, immobile, inébranlable, toujours souriant. « Quel rêve merveilleux d'amour de la paix ! se dit-elle. Moins un rêve, d'ailleurs, qu'une réalité accessible. »

Marie s'étira et se leva. En regardant autour d'elle, dans la lumière matinale, un spectacle pitoyable vint tempérer son bonheur. Sur la table de la salle à manger gisaient les ruines du château de pain d'épice, mis à sac et détruit par les rats pendant qu'elle rêvait.

Rodolphe le renne nasalement gratifié

L'histoire de Rodolphe est bien connue de la plupart des pré-adultes, en Amérique comme dans bien d'autres endroits du monde occidental (non que ce soit à l'éloge de la culture occidentale, non, cela prouve seulement que la publicité et les techniques de vente pénètrent plus efficacement dans ces régions). Bien que l'image d'un ardent jeune renne, tout entier et joyeusement dévoué au père Noël, puisse être utile aux grands magasins et aux auteurs de petits couplets publicitaires, la vérité est beaucoup plus complexe.

Il est vrai que Rodolphe était un individu unique depuis sa naissance, que son organe olfactif luminescent faisait de lui quelqu'un de différent des (mais non inférieur aux) autres rennes de son âge et que ceux-ci, souvent, se moquaient malicieusement de ses facultés supra-nasales. Quelques rennes parmi ceux qui avaient charge d'âmes, inquiets à l'idée que ce nez était sans doute le résultat de retombées radioactives et devait donc être, en quelque sorte, contagieux, interdisaient à leurs faons de jouer avec lui.

Ce qui n'est *pas* vrai, c'est que Rodolphe aurait été contrarié d'être l'objet d'un ostracisme. Alors que ses parents se battaient avec succès pour qu'il soit scolarisé dans les mêmes établissements que les autres cervidés mâles et femelles, Rodolphe, lui, s'était toujours considéré comme un être à part. En fait, il travaillait à son image de « jeune renne en colère ». Il ne s'intéressait pas du tout aux autres rennes et à leurs jeux ineptes. Il se prenait – lui et son don fluorescent – très au sérieux et était convaincu qu'il était appelé à de grandes choses : améliorer le sort des travailleurs cervidés et vaincre l'oppression du tyrannique père Noël.

Depuis des temps immémoriaux, le monopole qu'exerçait le père Noël sur la fabrication des jouets devait son succès à la cooptation et à l'exploitation des populations de rennes et d'elfes. A cette fin, pour entrer dans son équipe, on exigeait d'abord d'un renne qu'il ait des jambes solides, des bois à dix cors et un minimum de matière grise. (Le fait qu'il ne recrutait que des mâles dans son équipe à l'exclusion de toute femelle représente un scandale de plus – il fallait sauvegarder la moralité des mâles enrôlés, soutenait le père Noël – mais malheureusement, à l'époque de Rodolphe, les biches attendaient encore leurs libératrices.)

Pour le père Noël, Rodolphe était l'une des créatures nordiques les plus dangereuses : un renne avec de la cervelle. Il en avait connu quelques-uns pendant les années qu'il avait passées au Pôle, mais il y avait chez Rodolphe quelque chose qui le rendait particulièrement nerveux. C'était peut-être ses airs supérieurs, ou les bruits qui couraient que, tard le soir, il organisait des réunions avec les autres rennes. Le père Noël percevait aussi en Rodolphe un charisme qui, s'il n'était pas tenu en échec, risquait de perturber le bon ordre de sa petite entreprise.

Or donc, en cette fameuse soirée de brouillard, le père Noël se retrouva coincé. Le temps était tel qu'il était dans l'impossibilité d'exploiter les talents aérodynamiques de son équipage. Bien entendu, il les avait déjà pilotés dans toutes sortes de conditions climatiques dangereuses, sans une pensée pour l'effort physique qu'il leur demandait ni pour leur traumatisme psychologique. Mais ce soir-là, la tempête était si violente que ce barbu conducteur d'esclaves craignait pour sa propre sécurité et pour les problèmes insolubles d'assurance qu'un krach de sa fabrique de jouets ne manquerait pas de soulever.

Bien que le père Noël ait été au courant depuis des années du don de Rodolphe pour la propagation de l'incandescence, il n'y avait pas prêté particulièrement attention. Le père Noël avait égoïstement calculé que viendrait sans doute le moment d'en faire usage, mais qu'en attendant il ne servirait à rien de supputer la valeur de ce don. Finalement, le moment était venu. Par une nuit de brouillard, il chercha Rodolphe dans le troupeau et lui demanda, avec une expression des plus humbles et des plus suppliantes :

– Rodolphe, avec ton nez si lumineux, ne pourrais-tu pas guider mon traîneau, ce soir ?

Le jeune renne le regarda avec attention. Au bout de quelques instants de silence, il répondit :

– Non.

Le père Noël cligna des yeux à plusieurs reprises et répéta :

– Non ?

Le troupeau, lui aussi, pouvait à peine en croire ses oreilles.

– Non. Pas sans conditions, répliqua la créature qui se trouvait avoir des bois. Les jours où nous bondissions au premier coup de sifflet sont révolus.

– De quoi parles-tu ? De quelles conditions ? fulmina le père Noël qui avait compté sans cette difficulté. C'est une grande chance pour toi, celle de faire partie de l'équipage. C'est le rêve de tous les jeunes rennes.

Rodolphe se mit à rire.

– Cela sonne déjà comme *Une étoile est née*. Ensuite, vous allez me dire : « Mon enfant, tu vas entrer là en jeune renne nerveux, mais tu y deviendras... une star. »

Cette remarque fit rire le troupeau entier. Ce genre de discours enthousiaste ne leur était sans doute que trop familier. Le père Noël rougit et compris qu'il avait commis une erreur tactique en s'adressant en public à ce jeune fauteur de troubles.

– Il fait froid ici, déclara-t-il. Allons plutôt parler de tout ça dans mon chalet. J'ai de l'excellente mousse et des lichens qu'on vient juste d'arracher...

– Je mangerai comme tout le monde, répliqua Rodolphe, et tout ce que vous avez à me dire, vous pouvez le dire ici.

Les autres rennes observaient ce face-à-face avec énormément d'intérêt. Depuis des années, ils se méfiaient de Rodolphe et de ses idées audacieuses mais, maintenant, voilà qu'il prenait leur défense aux dépens de sa propre carrière. Certains lui lancèrent des encouragements, tandis que les plus réactionnaires d'entre eux lui reprochaient de faire du grabuge.

Les minutes passant, le brouillard s'épaississait et le père Noël était de plus en plus tendu. Finalement, il demanda à Rodolphe quelles étaient ses revendications.

– Vous exigez trop de travail des rennes, sans égard pour les familles, répondit Rodolphe. Nous voulons la garantie de ne plus travailler les jours de fête.

Le père Noël passa la demi-heure suivante à lui exposer les inconvénients de cette idée, le principal étant, bien entendu, que puisque les rennes ne travaillaient de toute façon qu'un soir par an et que ce soir-là tombait *toujours* un jour de fête, un pareil changement rendrait leur métier (et le sien) difficile à exercer. Rodolphe finit par accepter de voir ce point provisoirement ajourné.

Le père Noël consulta sa montre et, malgré le froid polaire, se mit à transpirer :

– Ne pourrions-nous pas aller un peu plus vite ? demanda-t-il. Ou alors établir un contrat de travail temporaire que nous pourrions confirmer après Noël ?

Rodolphe lui rit au nez.

– Nous ne sommes pas nés de la dernière pluie, père Noël. Pas de contrat, pas de course. Si Noël ne vient pas cette année, qui les enfants en rendront-ils responsable, à votre avis ? Les rennes ? Le temps ? La Chambre de commerce internationale ? Non, le blâme retombera sur le type surnourri au costume rouge.

Le père Noël voyait déjà les problèmes de relations publiques qu'il allait devoir affronter, et sa carcasse commença à s'affaisser. Rodolphe lui fit subir un interrogatoire serré sur des questions comme la sécurité sociale, les congés de paternité, le partage des bénéfices et les conseils décisionnels conjoints. Comme le brouillard refusait de se lever et que les minutes s'égrenaient, le père Noël cédait de plus en plus de terrain.

A la fin, Rodolphe et les rennes de la base purent se targuer d'un certain nombre de victoires. Les rennes n'auraient à courir qu'un soir par an et, après quatre heures de travail, auraient droit à quatre-vingt-dix minutes d'interruption pour dîner et à trois quarts d'heure de repos. Le père Noël devrait tenir prêts quatre rennes de rechange pendant toute la nuit de Noël, avec plein salaire et avantages. De plus, l'âge de la retraite serait abaissé à huit ans, après quoi le renne aurait droit à une pension complète et à la sécurité sociale à vie.

Quand tous les termes de l'accord furent mis au point, épuisé mais soulagé, le père Noël attela Rodolphe avec le reste de l'équipage. Les autres rennes l'acclamèrent par trois fois pour avoir défendu leurs droits contre « l'homme », ce que le renne nasalement gratifié, profondément satisfait pour la première fois de sa vie, accepta avec reconnaissance. A l'aide de son don luminescent absolument unique, il conduisit le traîneau à travers les intempéries et Noël, cette année-là, fut sauvé.

Epilogue

Comme le fameux prophète dans son propre pays, Rodolphe vit son influence s'évanouir peu après. Pendant des semaines, les autres rennes n'avaient pas tari d'éloges. Ils lui disaient :

– Tu resteras dans l'histoire, celle qui est homologuée/femmologuée !

A la longue, il finit par trouver un rien superficiels et perturbants cet empressement et cette admiration. Rodolphe avait conscience que chaque manifestation en son honneur volait de l'énergie au combat permanent pour le bien-être des rennes ouvriers. Essayant complaisamment d'imiter leur nouveau héros, les jeunes rennes se mirent à se tartiner le nez de rouge vif. Comme Rodolphe y voyait à redire, ils furent quelques-uns à déclarer qu'il devenait doctrinaire et manquait par trop d'humour.

Pour Rodolphe, ce premier contrat signé avec le père Noël ne devait être qu'un simple commencement. Il envisageait ensuite la création d'un paradis du renne travailleur, un collectif de fabrication et de distribution du jouet où les moyens de production seraient partagés entre tous. Malheureusement, de nombreux rennes avaient fini par considérer leurs nouveaux profits comme un droit inaliénable accordé par la nature. Ils avaient grossi parce qu'ils mangeaient trop de mousse, et se plaignaient de payer encore trop d'impôts sur leurs nouveaux horaires de travail. Des factions se formèrent à propos de la meilleure façon d'investir leurs pensions. Rodolphe tenta de convaincre les rennes dissidents de la nécessité de rester unis, mais ils commençaient à trouver insupportables ses airs supérieurs. Certains firent circuler la rumeur qu'il était un agent provocateur, envoyé par d'autres animaux aux dons aéronautiques qui cherchaient à gagner les faveurs du père Noël et à priver les rennes de leur emploi. Ces bruits avaient beau être manifestement absurdes, ils discréditaient Rodolphe et enhardissaient ses détracteurs. En fin de compte, on vota son expulsion du syndicat à la formation duquel il avait participé. Après ce traitement indigne, Rodolphe décida de partir pour la Laponie, où les rennes non domestiqués étaient beaucoup plus maîtres de leur avenir.

Et c'est ainsi que Rodolphe, le jeune renne en colère, comme de nombreux révolutionnaires avant lui, vécut le reste de ses jours en exil, se demandant avec amertume comment un mouvement qui promettait tant avait pu, en fin de compte, s'avérer si fragile.

Un chant de Noël

Premier couplet :
Le représentant post-vivant de Marley

Marley, pour commencer, était non-vivant ; aucun doute là-dessus, excepté au regard de questions de philosophie générale se rapportant à la permanence de la mort et aux possibilités réelles de la réincarnation. L'étiquette « non-vivant » est aussi plutôt limitative mais, comme Marley ne laissait derrière lui ni héritiers ni personne d'influence, des protestations n'étaient pas à craindre. Etant donné l'état de son karma, il y avait des chances pour que le corps qui donnerait l'hospitalité à l'esprit de Marley soit de type invertébré, et à moins qu'un meneur de ces phyla privés du Verbe ne se manifeste, il est peu probable que nous entendions à nouveau parler de lui. Donc, d'un point de vue pratique, Marley était aussi non-vivant qu'un clou de tapissier. A moins que vous ne soyez un animiste, bien entendu. Mais trêve de digressions.

Scrooge savait certainement que Marley était parvenu à une situation de post-vie. Ils avaient été associés pendant de longues années dans une impitoyable affaire capitaliste, qui tirait profit de la dépendance des gens à la caféine et exploitait les planteurs de café dans les pays en développement. Ils avaient démarré avec de bonnes et généreuses intentions, offrant même aux planteurs, à un certain moment, des actions dans leur entreprise, mais au bout de plusieurs années de concurrence et de sérieuse attention portée au chiffre d'affaires, ces efforts s'étaient émoussés. Une chaîne de cafés, tout chrome et marbre, ainsi qu'un style d'uniforme décontracté, étaient tout ce qui restait de leur ancienne vision égalitaire. Si Marley était en partie responsable de cette mutation réactionnaire, le véritable architecte de cette corruption était son associé encore-vivant.

Ah, ce Scrooge ! De quelle poigne il faisait tourner le moulin ! Un vieux pécheur qui passait son temps à pressurer, à torturer, à empoigner, à écorcher, à cramponner, à convoiter ! Et comme vous pouvez l'imaginer, cela n'était pas pour ajouter à sa propre estime. Ah, que la vie peut être longue et pénible quand elle est troublée par une image de soi négative !

Un jour parmi tous les heureux jours de l'année – un soir de Noël (sans vouloir dénigrer les autres jours tenus pour sacrés par les adeptes de religions différentes ou de non-religion, ou les jours sans qualification spéciale), Scrooge se trouvait dans son bureau, absorbé par les chiffres de la semaine qui défilaient sur son écran. Le froid était glacial et mordant. La Bourse venait à peine de fermer, mais il faisait déjà presque nuit.

La porte de son bureau demeurait toujours ouverte, de façon qu'il puisse garder un œil sur ses employés – dont il ne restait maintenant plus qu'un. Les autres avaient été remerciés juste avant la dernière semaine de partenariat Scrooge & Marley Inc. Scrooge se plaisait à penser que s'il avait mis ces recrues à la porte au plus mauvais moment de l'année, c'était pour leur faire une faveur, pour leur permettre de vaquer à leurs propres occupations. « D'ailleurs, se disait-il, les impôts que je paye depuis des années rendent le chômage particulièrement attractif. Ces gens-là vont déjà, pratiquement, vivre dans l'aisance. »

Par la porte, Scrooge pouvait voir son seul assistant, Roberto « Bob » Cratchit, occupé à introduire des données commerciales dans son ordinateur. Le pauvre Cratchit pouvait presque voir sa respiration tellement la température était basse dans le magasin. Scrooge menait une vie ascétique et attendait des autres qu'ils fassent de même. Il croyait dur comme fer qu'un excès de chaleur et de confort sapait l'esprit humain et prédisposait le corps à de multiples maladies. Et comme ses intentions déclarées étaient de promouvoir la vitalité et de préserver les combustibles fossiles, Scrooge goûtait d'autant plus, au plus profond de son cœur, les économies que cette atmosphère glaciale lui faisait faire. Il gardait le thermostat sous clef dans son bureau, ce qui obligeait son personnel d'une seule personne à se débrouiller avec d'épais manteaux, de grosses chaussettes et plein de soupes japonaises qu'il apportait de chez lui.

Car, voyez-vous, l'argent était le seul intérêt maintenant dans la vie de Scrooge, son seul amour. Cela n'avait pas toujours été le cas. Dans sa jeunesse, il avait milité dans de nombreux mouvements progressistes et humanitaires, surtout parce qu'il pensait que c'était un bon moyen pour rencontrer des femmes. Mais il n'avait jamais eu beaucoup d'estime pour sa propre personne, et il avait très tôt commencé à se méfier des autres comme il se méfiait de lui-même. Avec un pareil sentiment d'insécurité, il trouvait du réconfort dans l'accumulation de richesses car l'argent ne lui briserait jamais le cœur, ne chercherait jamais à lui emprunter sa voiture. Une affection aussi déplacée aurait été tout simplement triste, dans son cas, si elle n'avait été aussi tragiquement répandue dans le monde entier.

– Joyeux Noël non sectaire, mon oncle ! s'écria quelqu'un gaiement.

C'était Fred, son neveu, qui s'était faufilé jusque-là.

– Bof ! répliqua Scrooge. Quelle idiotie !

– Noël, une idiotie, mon oncle ? s'exclama Fred

dont le visage réjoui était rouge de froid. Vous ne le pensez pas, j'en suis sûr ?

– Si, une idiotie ! répéta Scrooge, en abattant son grand livre sur son bureau.

En le relevant, il découvrit les restes écrasés d'un rare cancrelat hondurien.

– Mon oncle ! Quelle cruauté !

– Il nous en arrive très souvent dans les cargaisons de grains de café, répliqua Scrooge. Si je les laissais tranquilles, notre environnement intérieur en serait infesté, alors garde ton numéro vert pour quelqu'un d'autre. Maintenant, qu'est-ce que c'est que cette foutaise de joyeux Noël ? Sacrément présomptueux de ta part.

– Alors je me corrige : « Heureuses fêtes ».

– Toujours présomptueux.

– Bons vœux de fin d'année ?

– Bof! fit Scrooge d'un ton hargneux. J'en ai soupé de cette « fin d'année » et de toute cette gaieté de commande. Qu'est-ce que c'est que cette saison, sinon l'occasion de se sentir plus vieux d'un an sans aucune satisfaction personnelle supplémentaire ? Le moment de jongler avec les livres en vue des impôts de fin d'année ? Celui où vous êtes taxé d'antipatriotisme si vous ne faites pas de folles dépenses en babioles pour acheter l'affection de votre entourage ? Si je pouvais en faire à ma tête, tous les idiots qui débitent des « bons voeux de Noël » devraient être condamnés à regarder pendant un bon mois « Notre belle famille » à la télévision, et à avaler de force cent milk-shake chez McDonald !

– Mon oncle, vous ne pouvez pas vouloir dire ça.

– Je peux et je le dis ! Et ne dénigre pas mes idées, mon neveu ! Quel bien ces fêtes accablantes t'ont-elles jamais fait ?

– Puisque vous me le demandez, répondit Fred, ces fêtes me permettent de continuer à vivre comme je le fais en me soulageant de ma culpabilité petite-bourgeoise, car je peux envoyer un chèque par la poste et penser que j'ai pris plus que ma part à l'amélioration du monde. C'est le moment où, dit-on, chacun ouvre son cœur à ce qu'il y a de bon chez son semblable et où, dans cette bonté, riches et pauvres peuvent se soûler à égalité, reportant la lutte des classes à l'année suivante. Ainsi, même si ces fêtes ne mènent qu'à un transfert d'avantages économiques et ne me procurent qu'une vague sensation de chaleur, en règle générale je dois dire qu'elles ont toute ma faveur.

– Tout à fait d'accord ! déclara Bob Cratchit.

– Ah, vous, taisez-vous ! ordonna Scrooge à son personnel. Je suis entouré de cerveaux sous-capitalisés ! De quel droit voyez-vous tout en rose ? Vous vivez déjà au-dessus de vos moyens.

– De quel droit voyez-vous tout en noir ? riposta son neveu. La liste de vos ventes est pourtant assez longue. Je suis venu vous inviter à venir chez nous demain. Ma femme et moi nous recevons quelques amis, il y aura un peu de vin et du fromage – tout à fait sans façons.

– Bof ! Je préférerais du déca à la place.

– Nous jouerons à Négatégories, dit son neveu d'un ton enjôleur.

– Bonsoir, répondit Scrooge.

– Bon, alors je vais juste vous souhaiter des bénéfices accrus et une nouvelle année florissante.

– Bonsoir, répéta Scrooge.

Son neveu s'en alla sans une parole désagréable, mais il adressa malgré tout des vœux de Noël à l'assistant de Scrooge, lequel les lui retourna avec reconnaissance.

Le téléphone sonna. Scrooge prit le combiné et entendit une voix métallique, préenregistrée, lui dire : « Heureux Noël !... Vous avez été choisi pour recevoir gratuitement un magnifique cadeau... Un délicieux cake, et en même temps... pour aider une organisation qui travaille au bien de notre communauté. Pour savoir comment profiter de cette offre exceptionnelle... s'il vous plaît, restez en ligne... »

Scrooge raccrocha violemment, marmonna « Quelle idiotie », et écrasa encore une blatte sur son bureau.

Quand arriva enfin cinq heures, Roberto Cratchit rangea son bureau et se prépara à partir. L'œil mauvais, Scrooge alla vers lui et apostropha cet unique employé :

– Vous voulez une journée entière de congé demain, je suppose ?

– Nous en avons déjà parlé cent fois, répondit Roberto. Si vous voulez vraiment que quelqu'un soit là demain, adressez-vous à une agence de travail temporaire. Si vous voulez que ce soit moi, vous serez obligé de me payer un triple salaire, comme le stipule mon contrat pour les fêtes légales.

– Bof ! fit Scrooge d'un ton sarcastique. Qu'est-ce qu'il peut bien y avoir de « légal » à soulager de cette façon les poches d'un homme d'affaires ? Prenez donc garde, demain, à respecter votre corps et à ne pas arriver le jour suivant avec la gueule de bois.

Bob, qui n'était pas d'humeur à discuter, promit de maintenir ses excès dans certaines limites et s'en alla. Scrooge resta encore à travailler quelques heures, puis éteignit les lumières et ferma le magasin. Dans le parking, se défendant contre le froid, il grimpa dans sa berline Volvo de luxe qui avait déjà beaucoup voyagé. Il aurait certainement pu s'offrir une nouvelle voiture, mais la cote de la Volvo d'occasion avait tellement chuté qu'il n'était pas disposé à s'en séparer pour une somme aussi ridicule. Il était si résolu à utiliser sa voiture jusqu'au dernier centime de sa valeur qu'il n'avait pas remarqué que son pare-chocs arrière ne tenait plus que grâce à la myriade d'autocollants qui l'enjolivaient – autocollants pour la promotion de nombreuses œuvres charitables, tristement rassemblés en témoignage muet de sa jeunesse idéaliste.

Scrooge arriva bientôt chez lui, à l'extrémité d'un complexe en copropriété, quasiment inhabité, d'immeubles de bureaux rénovés. Il gara sa Volvo devant l'entrée principale et ouvrit précipitamment la grille. Il traversa le passage sinistre et dépouillé qui menait à sa porte sans apercevoir aucun de ses voisins, ce qui lui convenait parfaitement. Toutefois, en un sens, il ne se sentait pas seul.

Il déverrouilla la porte d'entrée, monta l'escalier et, au troisième étage, entra dans son appartement. Si celui-ci avait jamais été un territoire accueillant, il n'en restait plus trace. Les lampes diffusaient en permanence une lumière très faible, et dire de l'ameublement qu'il était spartiate eût été faire injure aux habitants de Sparte, cette noble cité antique. Dans l'idée de Scrooge, cette austérité donnait à l'endroit un cachet de spiritualité orientale, mais pour un visiteur (si Scrooge en avait jamais eu un), elle lui donnait simplement l'air pauvre et vide. De l'entrée, il remarqua, pour la première fois de mémoire d'homme, que le signal lumineux de son répondeur clignotait. Convaincu qu'on devait encore le solliciter au téléphone, il résolut de ne pas en tenir compte, mais cette petite lumière rouge insistante finit par le mettre mal à l'aise. D'un geste hésitant, il poussa le bouton de lecture et crut reconnaître la voix, à l'intonation lugubre, de Jacob Marley, son associé handicapé par sa terminalité. « Sssssccrrooooooooggge ! » *« bip-bip »*.

Agacé par ce qui ne pouvait être qu'une farce, il donna comme une gifle à sa machine. « Bof ! se dit-il, je n'en crois rien ! » et il se rendit à la cuisine. Il avait lu récemment quelque chose à propos d'un régime strict de gruau à l'eau qui serait bon pour la santé, et il avait adopté cette nourriture désolante et frugale. Il se remplit un bol de gruau (froid, bien entendu), l'emporta au salon et s'installa par terre, sur un coussin. A peine avait-il commencé à manger qu'il entendit, venant de la cour, un mystérieux cliquetis. Il s'arrêta et tendit l'oreille. Un bruit lui parvint, comme si on traînait des chaînes et du matériel lourd par-dessus les poubelles. Il nota dans un coin de son cerveau d'avoir à réclamer à la copropriété des mesures supplémentaires de sécurité, et ferma sa porte à double tour.

De nouveau, un fracas le fit sursauter. On aurait dit qu'on enfonçait à coups de pied la porte de l'immeuble. Puis le vacarme augmenta, d'abord dans les étages inférieurs, puis plus haut dans l'escalier, puis venant droit sur sa porte.

– Je n'en crois toujours rien, déclara Scrooge.

Mais le sang se retira de son visage quand la source de tout ce tapage traversa la porte. C'était le représentant post-vivant de Jacob Marley ! L'esprit était vêtu du jogging et des sneakers de luxe qu'il avait aimés durant sa vie, maintenant usés et presque en loques après son séjour dans la tombe. Il portait un bandeau autour de la tête mais, curieusement, sous le menton et non sur le front. Les horribles sons métalliques que Scrooge avait entendus provenaient de la chaîne attachée autour de sa taille. Scrooge remarqua que cette chaîne était faite d'haltères, d'exerciseurs abdominaux, et de morceaux cassés d'un appareil de musculation Soloflex.

– Hé là, Jacob, tu n'as pas encore réussi à griller en enfer ? dit Scrooge qui, mal à l'aise, essayait de plaisanter.

– Tu ne crois pas en moi, n'est-ce pas ? remarqua son visiteur spectral.

– D'habitude je ne mets jamais en doute les prétentions des autres à la spiritualité mais, excuse-moi, la plupart des gens ne se montrent pas si cabotins.

Il essayait de paraître brave mais n'était pas très convaincant.

– Pourquoi doutes-tu de tes sens ? demanda l'esprit.

– Alors maintenant, tu prétends que je devrais en *croire* mes sens ? répliqua Scrooge qui, dans les situations délicates, s'empressait souvent de reprendre à son compte les propos de son interlocuteur. Pourquoi se borner à ça ?

Depuis quand Jacob Marley serait-il devenu un pur rationaliste ? Par ailleurs, si je devais en croire mes sens, j'aurais l'air d'être hanté par le fantôme de Jack La Lanne.

A ces mots, l'esprit poussa un cri de terreur et secoua ses chaînes avec un bruit si lugubre, si épouvantable, que Scrooge, effrayé, se cramponna à son coussin et tomba à la renverse, comme un jouet d'enfant. Mais l'horreur ne fit que croître lorsque le fantôme enleva le bandeau qu'il portait autour de la tête : sa mâchoire s'ouvrit brusquement toute grande et ses dents sautèrent hors de sa bouche.

Effrayé, Scrooge se redressa et se mit à genoux.

– Jacob, je t'en supplie, pourquoi es-tu venu ici ? Pour me montrer tes fausses dents ?

– Ce n'est qu'un commencement, répondit le visiteur non-corporel entre ses gencives. Tu sais ce que j'ai encore de faux ? Des implants dans le pectoral, des implants dans le mollet, des cheveux tissés, de la chirurgie esthétique sur de la chirurgie esthétique, et même des verres de contact de couleur. Mais maintenant que je suis mort, je ne saurais dire quelles parties de moi-même sont d'origine et lesquelles ont été payées à tempérament. Et à cause de cette fausseté, je suis condamné à errer de par le monde, en observateur du vrai et de l'authentique, avec interdiction d'y participer. Je ne pourrai jamais plus aller dans le sud de la Californie ! ajouta-t-il en laissant de nouveau échapper un cri terrible.

Scrooge, tremblant, lui demanda pourquoi il était enchaîné.

– Je porte les chaînes que je me suis forgées dans la vie, répondit-il. Chaque fois que je me laissais accaparer par le préfabriqué et le superficiel au détriment du bon et du vrai, je lui rajoutais un maillon. Tu imagines la longueur de ta propre chaîne ? Elle était de la même taille que la mienne il y a sept ans, mais tu y as travaillé dur depuis.

– Tu n'as rien de mieux à m'offrir comme réconfort ? lui demanda Scrooge.

– Absolument rien. Je connais ta cupidité et tes opérations d'homme à deux visages. Tu attaches plus de prix à tes bénéfices qu'aux gens, et tout cela au nom de je ne sais quel boniment sur la « philosophie du marché » et de « la marée montante qui renflouera tous les bateaux ». Quelle vanité ! Tu n'as aucune idée de ce qu'est une valeur authentique, de ce qui a vraiment du prix. Si tu ne corriges pas tes façons de faire, ta punition sera pire que la mienne. Le temps que j'ai à passer ici touche à sa fin. Je suis venu te prévenir que tu as encore une chance d'échapper à mon destin.

– Tu as toujours été un bon ami pour moi, Jacob, dit Scrooge. Un bon et précieux ami qui me connaissait mieux que moi-même. Puis-je profiter de l'occasion pour te remercier de...

Le spectre l'interrompit :

– Trêve de flagornerie ! Tu ne t'en tireras pas comme ça. Tu vas être hanté cette nuit par trois médiateurs extra-dimensionnels.

– Des anges ? demanda vivement Scrooge.

– Rien d'aussi chic. Attends-toi à voir arriver le premier quand sonnera une heure.

– Je ne peux pas en finir plus vite et les recevoir tous les trois à la fois ? suggéra Scrooge.

– Ce sont des esprits individuels, répondit l'ombre de Marley, ils ont chacun des besoins différents qu'il faut respecter. Tu ferais bien de t'en souvenir.

Là-dessus, l'esprit ramassa ses dents et remit le bandeau autour de sa tête. Il s'éloigna de Scrooge à reculons et à chaque pas que faisait le représentant post-vivant de Marley, la fenêtre s'entrouvrait un peu plus ; elle fut bientôt complètement ouverte. Avec un hurlement lugubre, l'esprit s'envola alors dans la nuit noire et la fenêtre se referma aussitôt en claquant.

Scrooge examina sa porte, toujours fermée à double tour. Il essaya de prononcer « quelle idiotie », mais s'avéra vocalement inapte. Soit par suite de l'épreuve qu'il venait d'endurer, soit effet des ondes sonores d'une machine dans le lointain, il rampa jusqu'à sa chambre à coucher, puis jusqu'à son tatami, et s'endormit dessus aussitôt.

Deuxième couplet :
Le premier des trois médiateurs spirituels

Il faisait encore nuit quand Scrooge se réveilla. Allongé sur sa natte, il se moqua de lui-même pour avoir pu croire à ce qui venait de se passer. Bien qu'il ne fût pas fermé à l'existence possible de phénomènes extra-scientifiques, il ne pouvait quand même pas ajouter foi à cet événement-là. Après tout, Marley lui était apparu sous une forme un peu trop mélodramatique, sans parler de son côté pharisaïque et accusateur. De plus, on sait bien qu'un régime exclusif de gruau ne va pas sans entraîner des effets secondaires, et entre autres des hallucinations.

A l'instant même où sa montre-bracelet sonnait une heure, une lumière éclatante perça l'obscurité de sa chambre. Quand il eut accommodé, Scrooge aperçut devant lui une étrange créature – pas tout à fait adulte quant à la taille, mais pas tout à fait enfant quant à l'apparence. Ses cheveux, élégamment brossés et coiffés, étaient argentés comme chez une personne d'expérience et pourtant, autant que Scrooge pouvait en juger à travers son maquillage, son visage malicieux n'avait pas une ride. Il portait une splendide veste de sport et du houx à la boutonnière. Mais ce qu'il y avait de plus étrange en lui, c'était la vive lumière qui jaillissait derrière sa tête, plus exactement toute une rangée de lumières engendrées par l'équipe de cameramen qui l'accompagnait.

– Vous êtes qui ? Ou quoi ? attaqua Scrooge, essayant de se montrer brave.

– Je suis l'Esprit dont on t'avait annoncé la venue, répondit-il dans son microphone. Je suis le Fantôme de la Rétrospective de Noël, et eux, ils font partie de mon équipe.

Scrooge demanda à l'Esprit pourquoi il avait amené toutes ces caméras.

– Personne n'a vraiment peur des fantômes aujourd'hui, répondit l'Esprit. Ils me prennent tous pour une espèce d'hologramme ou d'effet spécial. Mais si vous arrivez avec une équipe de durs à cuire et de caméras affamées, vous êtes sûr de retenir l'attention.

– Et qu'est-ce que vous me voulez ?

– Le bruit court que tu as passé ta vie à adorer de fausses idoles et à tourner le dos au reste de la personité. Veux-tu t'expliquer là-dessus ?

L'Esprit lui mit son microphone sous le nez. Scrooge eut un sourire suffisant :

– Vous devez vraiment me prendre pour un individu aux ressources mentales et émotionnelles épuisées. Je n'ai pas l'habitude de répondre aux allégations anonymes.

– Alors tu prétends être un modèle de citoyen responsable, honnête et consciencieux ?

– Oui, affirma Scrooge, bien que je n'épouse certainement pas l'ordre établi, déclara-t-il, ajoutant une seconde contre-vérité à la première.

– Dans ce cas, nous avons dû nous tromper, remarqua l'Esprit, le visage de bois. Mais je subodore ici une histoire très différente. Si nous revoyions ensemble quelques-uns des événements qui ont formé l'homme intègre que tu es aujourd'hui ?

N'y voyant aucun inconvénient, Scrooge accepta aussitôt. L'Esprit lui fit signer une décharge puis le conduisit à la fenêtre.

– Hé, une minute ! s'écria Scrooge. Nous sommes au troisième étage. Je vais tomber.

– Tu n'auras qu'à toucher le cordon de mon microphone, dit l'Esprit, et tu seras soulevé en l'air. Mais attache-toi quand même ce casque de sécurité ; je ne tiens pas à un procès de plus. Et maintenant... on tourne.

A ces mots, Scrooge, l'Esprit et l'équipe de cameramen passèrent à travers le mur et se retrouvèrent tout à coup en pleine folie. Une horde de gens, en tenues criardes et chiffonnées, déferlait autour d'eux, tandis que de la musique disco retentissait, assourdissante, sans discontinuer. Au milieu des rires et des hurlements occasionnels, les hommes et les femmes se racontaient leurs secrets personnels, leurs désirs cachés, et des blagues de mauvais goût avec une incroyable absence de respect de la bienséance. Mais apparemment tout cela était très amusant, du moins selon les standards de l'époque. La gaieté qui régnait dans la salle de bal surpeuplée de cet élégant hôtel, provenait tout autant des nombreux verres levés que du cœur des participants.

– Où sommes-nous maintenant ? demanda l'Esprit en poussant son microphone sous le nez de Scrooge.

Celui-ci hurla pour couvrir le vacarme.

– Ça alors ! C'est une de ces réceptions que le vieux Fezziwig avait l'habitude de donner avant que les Fédéraux ne l'emmènent. Ça fait plaisir de revoir ça ! Il était tellement difficile de s'en souvenir, le lendemain...

Parmi tous ces visages, Scrooge reconnut de nombreux amis et connaissances. Il criait le nom de ceux qu'il repérait, mais ceux-ci ne lui prêtaient pas la moindre attention, comme s'ils n'étaient que des ombres du passé. Scrooge, emporté par une vague de festivité nostalgique, ne fut pas le moins du monde troublé par ce détail. Au milieu de toute cette gaieté, il s'oubliait et tenta même de chanter avec les autres. L'Esprit et son équipe le regardaient avec stupeur mais n'éprouvaient pas le besoin de lui gâcher son plaisir. La décharge qu'ils lui avaient fait signer stipulait clairement qu'il s'agissait là de simples images du passé qui n'auraient pas conscience de sa présence.

Tandis que les ombres continuaient à manger, à boire et à fêter leur employeur commun, l'Esprit demanda d'un ton plein de sous-entendus :

– A ton avis, est-ce que Fezziwig faisait un mauvais emploi des biens de la société, comme l'acte d'accusation lui en a fait grief ?

– Un mauvais emploi ? Pas du tout ! répliqua Scrooge. Fezziwig était un grand homme et un merveilleux patron.

– Mais on prétend qu'il alimentait un budget secret avec les fonds qu'il détournait de la société, ce qui lui permettait de mener grand train et d'organiser ces folles réceptions.

– Tout le monde les attendait avec impatience. C'était le clou de l'année. Elles exerçaient un merveilleux effet sur le moral.

– Mais elles devaient coûter horriblement cher.

– Pour le bonheur qu'elles nous donnaient, n'importe quel prix aurait encore été une affaire.

– Alors nous pouvons en déduire que tu as adopté la philosophie de Fezziwig et que tu donnes de fastueuses réceptions pour tes employés ? demanda l'Esprit dans son microphone.

Scrooge resta un moment silencieux.

– Nous préférons investir de façon différente dans le capital humain de notre société. Nous offrons à chacun de nos employés, à l'occasion de ces célébrations, la possibilité d'obtenir ce qui a le plus de prix pour lui.

– C'est la raison pour laquelle tu t'es fendu d'un timbre-prime pour Cratchit, cette année ?

Gêné, Scrooge rougit et marmonna :

– Pas de commentaire.

Toutefois il se dit qu'il devait peut-être un peu plus à son mentor Fezziwig...

L'Esprit montra du doigt un coin sombre de la salle.

– En plus de la nourriture et de la musique, il semble que les occasions de harcèlement sexuel étaient également inépuisables.

Il se précipita vers l'endroit en question, suivi par les cameramen et leurs éclairs de lumières, tandis que Scrooge fermait la marche. Dans ce coin sombre, un homme et une femme étaient passionnément enlacés. Scrooge les regardait avec amusement quand, tout à coup, ils se séparèrent pour reprendre leur respiration.

– Candy ! s'écria-t-il.

Aussitôt, la salle de bal disparut et Scrooge, l'Esprit et ses cameramen se retrouvèrent debout, au fond d'un restaurant obscur. En face d'eux, un Scrooge plus jeune était assis à table, en compagnie précisément de la femme que ce jeune homme serrait dans ses bras à la fête.

– Je pensais que ce serait drôle, au moins, d'être mariée avec toi, disait-elle. Mais j'étais beaucoup plus jeune, il y a cinq mois. Emotionnellement, en tout cas.

– Et qui avons-nous devant les yeux ? demanda l'Esprit.

– Candy, répondit Scrooge. Ma seconde femme.

La jeune femme poursuivait :

– Je ne m'y serais jamais décidée si j'avais su qu'il existait un tel divorce entre toi et tes sentiments. Tu me tiens à distance, moi comme les autres d'ailleurs, et puis tu uses du double langage pour échapper à tout rapport véritable.

– Tu n'as peut-être pas tort, Candy, répondit le jeune Scrooge. Mais qui se connaît assez bien pour comprendre qu'il y a un divorce entre lui et ses sentiments ? Si je l'admettais, je considérerais même cette perspicacité à elle seule comme un grand progrès.

– Oh ! s'écria Candy qui n'en croyait pas ses oreilles. Oh ! Oh, bien sûr ! Oh !

Tout à coup, Candy disparut au profit d'une autre jeune femme assise à sa place.

– Sans compter, disait celle-ci, que tu devrais savoir que je ne suis pas du genre à sourire vaillamment pendant que mon mari tient des conférences de presse pour se disculper.

– Ahhh! s'écria l'authentique Scrooge.

– Et c'est qui, celle-là ? demanda l'Esprit.

– C'est Sandy. Ma troisième femme.

– Je ne vois pas de quoi tu parles, répondit l'évocation du jeune Scrooge.

– Ouais, sûr, dit-elle, peu amène. Je suis au courant de tout ce qui concerne le partage des actions et de la manière dont tu vas rouler ces pauvres planteurs de café.

Le jeune Scrooge frappa sur la table.

– Nous sommes absolument en règle cette fois-ci !

– Ça m'est bien égal, répliqua-t-elle fraîchement.

Je m'en vais. Ça n'a rien de drôle de te regarder te défaire de tous tes idéaux, les uns après les autres.

A la seconde même elle avait disparu et était remplacée, elle aussi, par une autre. Sans qu'il y ait été invité, le vrai Scrooge s'empressa d'annoncer :

– C'est Brandy, ma quatrième femme.

– La quatrième ? répéta l'Esprit. Tu es sûr de ce que tu dis ?

Scrooge parut pris de panique.

– La cinquième ? avança-t-il en hésitant.

Et tandis qu'il observait la table où se déroulait une autre scène d'adieux rageurs, à ses yeux incrédules s'offrit soudain tout le cortège des femmes de sa vie. Ex-conjointes, maîtresses, épouses de droit coutumier, succédanés sexuels – il se trompait parfois de nom comme sur leur ordre d'apparition dans sa vie, mais l'histoire qu'elles racontaient à son jeune lui-même était toujours identique : il était froid et distant, il chérissait le succès aux dépens de sa propre intégrité, il s'était servi d'elle pour satisfaire ses buts égoïstes et il aurait des nouvelles de son avocat dès le lendemain.

– Esprit, ramenez-moi à la maison, supplia Scrooge. Je ne peux pas en supporter davantage. Je ne suis même pas capable de mettre un nom sur chacune sans faire d'erreur.

– Mais nous avons encore un tas d'endroits à visiter, riposta l'Esprit, et il nous reste encore beaucoup de pellicule. Et qu'est-ce que je ferais de mon équipe de cameramen syndiqués ? Tu as une idée de ce que ça me coûte, tout ça ?

– Non ! Ramenez-moi chez moi ! Cette interview est terminée !

Scrooge bondit sur la caméra qui se trouvait en face de lui et voulut l'arracher à son opérateur. L'Esprit et le reste de l'équipe l'écartèrent de force de leur précieux matériel et la mêlée se poursuivit jusqu'à ce que Scrooge se réveille, seul sur le plancher de sa chambre à coucher, en train de lutter avec un coussin. Transpirant, haletant, il se rendit dans sa salle de bains, avala deux comprimés de somnifère, puis revint en titubant jusqu'à sa natte, se recoucha et se rendormit sur l'instant.

Troisième couplet :
Le deuxième des trois médiateurs spirituels

Scrooge se réveilla de nouveau au moment où sa montre sonnait l'heure. Il regarda autour de lui mais il n'y avait personne pour le tourmenter. Pourtant, l'étrange lumière qui inondait sa chambre pouvait laisser supposer qu'il n'était pas seul. La source de cette lumière paraissant se trouver dans le salon, Scrooge se leva, alla jusqu'à sa porte et l'ouvrit. Retenant son souffle, il jeta un coup d'œil de l'autre côté.

Ce qu'il vit l'étonna beaucoup. Au lieu de baigner dans ses habituels noir et gris post-modernes, la pièce avait presque l'air en feu dans l'abondante clarté chaude et dorée qui provenait d'une bûche de Noël flambant dans la cheminée. On aurait dit, à voir les murs et le plafond si richement ornés de guirlandes de houx, de gui, de sapin et de lierre, qu'une forêt tropicale entière, dans toute sa biodiversité, y avait été transplantée. Des oies, du gibier, des fromages de tête, un grand choix de viandes, des cochons de lait, de longs chapelets de saucisses, des pâtés à la viande, des puddings, des bourriches d'huîtres, de gigantesques gâteaux et des bols de punch fumants – tous capables de libérer suffisamment de calories pour boucher les artères d'un régiment de pacifistes – étaient empilés en forme de trône. Moitié gloutonnerie, moitié répulsion, Scrooge, normalement frugal, faillit tomber en pâmoison devant un tel amas de nourriture. Confortablement installé sur ce trône, un amusant personnage, plus-grand-que-la-moyenne et magnifique à voir, tenait dans sa main une torche éblouissante qu'il avait levée très haut pour éclairer Scrooge quand il l'avait aperçu à la porte.

– Entre ! s'exclama l'Esprit. Approche et faisons connaissance.

Scrooge s'approcha timidement et le pria de ne pas balancer sa torche si près des extincteurs logés dans son plafond.

– Oh, je donne juste un peu de lumière, répondit le visiteur en riant. Lève les yeux sur moi ! Je suis le Fantôme du Cadeau de Noël. Et que la fête commence !

Scrooge leva les yeux comme on le lui demandait. Le regard chaleureux et jovial de l'Esprit barbu le rassura. Ce spectre-là serait sans doute moins agressif et insinuant que le précédent. Il était vêtu d'une robe simple mais généreusement coupée, qui pendait sans attaches sur sa vaste charpente. Il avait des boucles châtain foncé, longues et libres, aussi libres que son attitude sans contrainte et son air joyeux. Puis Scrooge remarqua, derrière l'Esprit, un autre personnage, plus menu et plus grave, mais tout aussi plaisant.

– Qui est votre compagnon ? demanda Scrooge.

– Oh, lui ? C'est Rupert, mon chauffeur attitré. Tu te rends compte ? Ha !

Là-dessus, l'Esprit se leva et dit :

– Approche et touche ma robe. Soufflons sur cet étalage de fast-food !

Scrooge obéit et, instantanément, la pièce et tout ce qu'elle contenait s'évanouirent.

Aussitôt, ils se retrouvèrent dans l'humble demeure d'une famille qui vivotait très bas dans l'échelle des couches socio-économiques. En dépit de leur situation, les membres de cette famille refusaient le rôle de victimes et jouissaient avec gaieté et entrain des délices de la saison. L'amour et le respect embellissaient leur maison tout autant que leur compagnon neigeux arborescent. L'arôme du dîner flottait encore tandis que toute la famille, assise sur le divan, regardait *La vie est formidable* sur un poste de télévision à l'image tremblotante. L'Esprit contempla la scène avec attendrissement, quoique avec beaucoup d'attention, puis siffla Rupert et pointa le pouce par-dessus son épaule.

Avant que Scrooge ait eu seulement le temps de cligner des yeux, lui et ses compagnons se virent transportés dans une résidence plus opulente, propriété de membres de la classe des oppresseurs. Des gens s'y étaient réunis, dans l'intimité d'une soirée, afin d'échanger des informations confidentielles et exclusives qui leur permettraient de renforcer les privilèges de leur position sociale. Le vin et la nourriture s'y étalaient en abondance, et les invités festoyaient sans être tracassés outre mesure par les besoins des ouvriers qu'ils exploitaient. Car la lutte des classes était bien le cadet de leurs soucis ce soir-là. Assis au centre des réjouissances, des hommes et des femmes, d'excellente humeur, regardaient une vidéo de *La vie est formidable.*

Scrooge fut très frappé par l'authentique chaleur des rapports qu'ils entretenaient et qui respectaient le domaine personnel de chacun. Il n'avait pas ressenti pareille chaleur depuis des années et, à ce moment-là, il eut une conscience aiguë de cette absence. Finalement, il demanda :

– Esprit, pourquoi me montrez-vous ces images ? Essayez-vous de me faire sentir à quel point je vis isolé de mes camarades humains ? A quel point j'ai fermé mon cœur au reste du monde ? A quel point l'amour est le lien qui nous est commun à tous ?

– Non, répondit l'Esprit, du buffet voisin où il se trouvait, nous ne sommes ici que pour faire une razzia sur le frigo.

L'Esprit revint vers Scrooge, mâchonnant un gros sandwich qu'il s'était fabriqué à la va-vite. Il lui indiqua le poste de TV.

– A peu près tous les soirs, j'entre chez des gens qui sont en train de regarder ce film, et je n'ai encore jamais vu la fin. Tu te rends compte ? Ha ! Allez ! Comme les bébés, sortons, tête en avant !

Et en un rien de temps, les trois voyageurs astraux atterrissaient en ville, dans un appartement chichement meublé mais bien tenu. La télévision n'était pas branchée (qu'un Ciel non sectaire en soit remercié, pensa Scrooge). Il entendit des voix, celle d'un homme et celle d'une femme, dont l'une lui parut particulièrement familière.

– Je ne sais pas, disait la femme, tout ça ne me semble pas assez joyeux.

– Tu veux qu'on remette la K7 vidéo de *La Bûche dans la cheminée* ? demanda l'homme.

– Bob Cratchit ! s'écria Scrooge. C'est sa maison, ici ? Et elle, c'est Mercedes, la personne avec laquelle il entretient des relations fondamentales ? Ma parole !

Les Cratchit, qui n'avaient conscience de la présence ni de Scrooge ni de l'Esprit, poursuivaient leur conversation.

– Non, mais cela me paraît beaucoup moins gai et excitant aujourd'hui que quand j'étais petite. Parfois, j'aimerais ne plus être athée, ne serait-ce qu'un tout petit instant. Si seulement il se trouvait plus de fêtes dans le calendrier pour les déistiquement désencombrés !

De la cuisine parvint un bruit violent de plat s'écrasant sur le sol. Scrooge, qui regardait dans cette direction, aperçut la forte charpente de l'Esprit du Cadeau de Noël qui avait une cuisse de dinde à la main et une expression comique d'innocence. Roberto courut à la cuisine voir ce qui se passait.

– C'est sans doute le chien, suggéra l'Esprit espécistiquement, tout en allant et venant dans la pièce.

– C'est sans doute le chien, répéta en écho Roberto qui ramassait les débris et mettait ce qui était consommable dans le réfrigérateur.

Scrooge regardait le corpulent Esprit avec un dégoût non dissimulé.

– Si vous n'avez aucun respect pour vous-même, dit-il avec une grimace, cssayez au moins d'en avoir un peu pour les autres.

– Oh, du calme, mon ami, c'est le soir de Noël ! riposta l'Esprit qui alternait les bouchées de cuisse de dinde et les bouchées de farce. D'ailleurs, plus je serai gros et plus il y aura matière à m'aimer. Ha !

Comme Roberto revenait, Mercedes lui dit :

– Je pense que ce qui me déprime aussi, c'est de voir le peu d'argent qui rentre.

– Voyons, Mercedes, répliqua Roberto d'un ton rassurant, ne tombe pas dans le piège de notre culture matérialiste. Nous avons un toit sur la tête, de quoi manger, de bons amis, un enfant affectueux...

– Oh, Roberto, ne me parle pas de pièges. Visiblement, c'est toi qui es pris au piège du concept de « dignité dans la pauvreté », inventé par la classe bourgeoise pour apaiser sa propre culpabilité. Nous ne sommes pas de vertueux indigents, souffrant le martyre dans un roman de Dickens. Nous avons des factures à payer, et cet ogre de Scrooge te refuse un salaire décent.

– Je fais de mon mieux pour semer le désordre au bureau, expliqua Roberto. Je frappe à mon tour Scrooge au portefeuille en volant du papier et en allongeant les pauses-café. Ils – lui et le système sans cœur qu'il représente – ne vont pas tarder à capoter.

Scrooge était ébahi. Il n'avait jamais soupçonné, chez Roberto, une pareille amertume mais, encore une fois, il parlait rarement à cœur ouvert avec son employé et il ne connaissait pratiquement rien de sa vie de famille.

– Et à quoi cela nous sert-il ? demanda Mercedes. En quoi cela sert-il Timon Raccourci ? Avec cette énorme somme que l'assurance de Scrooge nous retient pour la misérable couverture qu'elle nous procure, nous n'aurons jamais les moyens de payer les soins médicaux qui lui sont nécessaires.

Comme par un fait exprès, leur pré-adulte verticalement différent fit son apparition. Timon Raccourci était un gentil garçon, plein d'une énergie sans bornes. En vérité, le seul trait qui, parmi ses semblables, le distinguait des autres personnes de son sexe, c'était sa taille qui n'était pas conforme à la moyenne. Il sauta sur le divan et embrassa ses donneurs de soins, les libérant, au moins momentanément, de leurs soucis.

Ce petit pré-adulte toucha le cœur de Scrooge. Il se retourna et demanda :

– Ce gosse, Timon Raccourci, qu'est-ce qu'il a ?

– Personne n'en sait rien, répondit Rupert. Ses accès de volonté obstinée et d'énergie incontrôlable laissent tout le monde perplexe. Au début, on avait pensé que sa conduite résultait d'un simple blocage des *chakras*, ces points du corps définis par le yoga. Mais maintenant, il semble que son état soit causé par un désordre traumatique congénital à effet retard.

Scrooge parut navré.

– Il n'y a pas de spécialistes de ça ? Pas de téléthons pour ce genre de victimes ?

– Ne le traite pas de victime, riposta Rupert. Ce n'est qu'une personne qui vit avec un certain trouble. Quant aux téléthons, ma foi, il faut bien reconnaître qu'ils sont un peu infantilisants.

Après avoir réfléchi un instant, Scrooge demanda :

– Esprit, est-ce que ses perspectives d'avenir sont irrémédiablement compromises ?

L'Esprit le regarda bien en face, ses yeux devenus vitreux. Des bouts de nourriture pendaient de sa barbe.

– Si tu leur assurais une meilleure couverture sociale, espèce de grippe-sou, ils pourraient au moins s'offrir d'autres tests et d'autres traitements.

Proprement remis à sa place, Scrooge observa la famille et la façon dont ils jouaient ensemble. Comme ils étaient non-dysfonctionnels, malgré l'infirmité de Timon ! Tristement, Scrooge leur enviait cette chaleur, cette interaction positive et enrichissante. Au bout d'un moment, Bob déclara qu'il était l'heure de porter un toast à Noël. Il sortit les verres, une bouteille d'eau minérale gazeuse et servit Mercedes et Timon.

– A cette période de fête, dit-il, et que les forces qui nous ont (ou non) placés ici continuent à nous bénir.

Timon leva son verre.

– Qu'une entité plus haute (si pareille chose existe) bénisse chacun de nous.

Ils burent une gorgée à l'unisson. Puis Roberto leva son verre et dit :

– A M. Scrooge...

Mercedes l'arrêta et posa son verre.

– Vraiment, Roberto, pourquoi tout gâcher en parlant de lui ?

– Tu ne m'as pas laissé finir, riposta Roberto. A M. Scrooge, parfaite incarnation de l'ennemi de la classe ouvrière. Puisse-t-il toujours nous inciter à continuer le combat !

Mercedes s'esclaffa, ainsi que Timon. Ils levèrent tous les trois leur verre et burent. Leur joie se prolongea jusqu'à ce que l'Esprit déclare qu'il était temps de partir. Scrooge, l'œil fixé en particulier sur Timon Raccourci, ne cessait d'observer la scène alors qu'elle s'estompait.

Le bruit que Scrooge entendit ensuite (mis à part le gémissement régulier de l'Esprit du Cadeau de Noël), fut l'éclat de rire de son neveu. Le confortable salon de Fred se matérialisa bientôt autour d'eux, avec tous les invités que celui-ci avait réunis.

– L'oncle Scrooge est simplement resté assis, continuait le neveu, à écraser des bestioles sur son bureau en refusant d'accepter mes bons vœux, quels qu'ils soient !

En imaginant le distributeur de café à la bonté délabrée dans cette situation, tout le monde rit de bon cœur. Jusqu'à ce que, toutefois, quelqu'un du groupe déclare d'un ton glacial :

– Je ne vois pas ce qu'il y a de tellement drôle dans les manifestations de cruauté envers des insectes sans défense.

Fred eut l'air soudain déconfit.

– Non, tu as raison, je suis désolé, murmura-t-il.

L'Esprit pouffa et fit une remarque peu flatteuse sur la sexualité du groupe, ce que, par bonheur, personne ne pouvait entendre. En fait, l'Esprit se mit à rire si fort de son propre commentaire qu'il perdit l'équilibre et tomba à grand bruit par-dessus un tabouret. Scrooge commençait à être suprêmement agacé par ses manières de rustre.

– Qu'est-ce qui lui prend ? demanda-t-il finalement à Rupert. Il n'a rien bu, que je sache.

– C'est un problème d'overdose, répondit le chauffeur. Il se nourrit du lait de la tendresse humaine, mais parfois il en abuse.

– Tu as tout compris, mon vieux Rupert, bredouilla l'Esprit en se remettant tant bien que mal sur ses pieds. Tu connais le vieil adage : on ne peut absorber le lait de la tendresse humaine ; on ne peut que le faire transiter. Excuse-moi un instant.

En titubant, L'Esprit partit se soulager.

L'humeur des invités se remit au beau quand Fred leur annonça :

– Vous serez tous heureux d'apprendre que nous avons réussi à dissuader les détaillants locaux de vendre du gui cette année. Portons donc un toast à la fin du harcèlement sexuel que la tradition encourage.

Ils levèrent tous leur verre de lait de poule *light*, non alcoolisé et sans cholestérol. Tous sauf un.

– Sacha ? demanda Fred à cette personne. Ce lait de poule ne te convient pas ?

– Tu l'as oublié, répondit Sacha calmement. Je suis végétalien.

Fred rougit jusqu'à la racine des cheveux. Il bredouilla des excuses à n'en plus finir et courut à la cuisine lui préparer un soda à la betterave. Toutefois, cette légère bévue ne refroidit pas longtemps l'atmosphère et les invités retrouvèrent bien vite l'esprit de fête et de générosité propres à Noël. La gaieté et les rires, qui ne s'exerçaient aux dépens ni d'une personne individuelle ni d'un groupe, fusaient de partout.

Scrooge, qui s'était laissé aller à participer aux réjouissances, battait des mains et encourageait les jeux et les plaisanteries des invités de Fred. Ceux-ci jouèrent longtemps au Ballet des Personnes Optiquement Contrariées, puis firent une partie animée de Vingt Questions Non Indiscrètes. Ensuite ils s'appliquèrent à décorer leur arbre de Noël de la façon la plus complète et la plus équitable possible. Oh ! ce qu'ils purent s'amuser à l'orner d'étoiles de David et de chandeliers à sept branches, de dragons orientaux et de grues shintoïstes en papier, de croissants de lune et d'attrape-cauchemars de toutes les tailles. Ils y suspendirent des petites serpes d'or pour les druides, des talismans pour adeptes de Wicca, des diagrammes yin-yang, des croix ansées égyptiennes, des baguettes de Yi-King, des tarots, des pierres runiques et toutes les formes concevables de symboles et de mandalas. Quand ils eurent terminé, l'arbre se dressait dans toute sa gloire, œcuméniquement paré.

Au programme, venait ensuite le buffet. Les invités de Fred festoyèrent de salades et de cassolettes de légumes, de fruits et de noisettes et, bien entendu, de tartes et de biscuits aux édulcorants, jusqu'à ce qu'ils ne puissent plus trouver la moindre place en eux-mêmes. Au grand dépit de Scrooge, l'Esprit du Cadeau de Noël ne put s'empêcher de faire des commentaires dédaigneux sur la chère, beaucoup trop hygiénique et délicate pour son goût. Il tapait du poing en braillant qu'il mourait de faim, mais les invités ne l'entendaient pas. Scrooge et le chauffeur attitré remarquèrent tous les deux que les forts courants de bienveillance avaient le don de le pousser à toutes sortes de caprices. Après que l'Esprit, s'étant mis à battre l'air, se fut renversé sur lui un plat de caviar d'aubergine, Rupert l'entraîna dans le patio pour lui aérer la cervelle.

Pour couronner la fête, Fred apporta de la cuisine une assiette fumante de *latkes* dégraissés, ainsi que des bols généreusement remplis de compote de pommes et de yogourt. Bien qu'ils se sentissent pleins à éclater, ils ne purent s'empêcher d'engloutir quelques-unes de ces galettes de pomme de terre. Quand les invités furent tous installés au salon, Fred apporta un chandelier à sept branches qu'il venait d'acheter le jour même et plaça une bougie dans chaque alvéole. Il récita tout ce qu'il savait de la Fête des Lumières (fort peu de choses, il faut le reconnaître) et alluma toutes les bougies, conviant par là Hanouka à faire partie de leur soirée très animée.

Fred apporta ensuite un petit tapis de paille qu'il plaça sous le chandelier.

– Il est l'heure maintenant de célébrer le Kwanzaa, déclara-t-il. Vous voudrez bien m'excuser de me servir encore une fois du chandelier à sept branches mais, faute de temps, je n'ai pas réussi à trouver un vrai kinara aujourd'hui.

Les invités firent donc rapidement leurs dévotions au Nguzo Saba ou aux Sept Principes, tandis que Fred dirigeait leur chant et martyrisait les mots swahili, qu'il lisait dans son manuel du Kwanzaa. Puis ils débarrassèrent la table pour leurs invités d'obédience hindouiste, afin de célébrer Divali. Quand on apporta les *piñatas*, débordantes de bonbons et de fruits, en vue de la deuxième partie de la soirée, Scrooge venait de sortir dans le patio, à la recherche de ses deux guides astraux. Dehors, dans le froid de décembre, l'Esprit du Cadeau de Noël se manifesta dans son dos, poussant des cris et riant à ses propres plaisanteries.

– Et après ça, où allons-nous ? demanda Scrooge.

– Nous en avons presque fini avec toi, répondit Rupert. Maintenant que l'Esprit a fait le plein du lait de la tendresse humaine, tout autre voyage risquerait d'être contre-productif, pour ne pas dire embarrassant.

L'Esprit avait entonné très fort un chant de Noël substituant « tra la la » aux paroles qu'il avait oubliées (pratiquement toutes, en fait).

Scrooge demanda, plein d'espoir :

– Alors, ma rééducation est terminée ? N'ai-je pas reçu la visite de trois esprits, ce soir ?

– Je ne suis pas vraiment un esprit de Noël, répondit Rupert, je ne suis qu'un observateur intéressé. Il t'en reste encore un à rencontrer.

Rupert saisit les deux mains de l'Esprit et se mit à le tirer, prostré, vers la sortie. Comme ils disparaissaient, le décor changea et, au milieu d'une plaine froide et solitaire, Scrooge vit un autre spectre, au visage lugubre, sortir de l'obscurité et marcher vers lui.

Quatrième couplet : Le dernier (mais de loin pas le moindre) des médiateurs spirituels

Lentement, gravement, silencieusement, le fantôme approchait. Quand il arriva près de lui, Scrooge s'agenouilla car l'air même dans lequel se mouvait ce spectre paraissait fait de tristesse et de mystère. Ce pourquoi, bien sûr, nous ne saurions blâmer que nous-mêmes, car nous avons l'habitude de projeter sur les inconnus nos craintes et nos inquiétudes propres.

L'Esprit était habillé tout de noir – bottes noires éraflées, veste de cuir noir, culottes courtes noires trop larges, chaussettes noires avec des accrocs – mis à part d'occasionnels éclairs de lumière provenant des boutons, des chaînes, des anneaux et des boucles qui ornaient ses vêtements et différents endroits de son corps. Sous une pyramide de cheveux gonflés et décolorés apparaissait un visage décharné et sans expression, outrancièrement enluminé de mascara et de rouge à lèvres noir. Cependant que l'Esprit venait lentement vers lui en traînant les pieds, l'air quelque peu absent, Scrooge n'arrivait pas à se faire une idée de son sexe (non que cette variable sans importance ait pu avoir la moindre influence sur les compétences et l'autorité de celui-là/celle-là).

Quand il/elle s'arrêta à côté de lui, la mystérieuse présence de celui-là/celle-là, et une odeur de tabac et de bière éventée remplirent Scrooge d'une profonde terreur.

– Suis-je en face du Fantôme d'un Noël Encore à Venir ? demanda-t-il.

Le fantôme ne répondit pas, toussa, se gratta et pointa un doigt au loin.

– Vous allez me montrer l'ombre des choses qui vont se produire dans les temps futurs, poursuivit Scrooge. C'est bien ça, Esprit ?

L'Esprit le regarda sans changer d'expression puis, rapidement, haussa les épaules, inclina la tête et ricana tout à la fois, ce que Scrooge interpréta comme un assentiment.

– Fantôme du Futur ! s'exclama-t-il. Je vous crains plus que tous les autres parce que j'aime tenir les situations en main, et l'idée de plonger dans l'inconnu m'effraye. Avant qu'il n'extravague j'avais l'impression, avec l'Esprit précédent, de faire de réels progrès. Mais comme je sais que vous avez pour but de m'enseigner le vrai, je me remets entre vos mains. Soyez mon guide.

Ils se mirent en marche sur le sol nébuleux, mais il semblait bien qu'ils n'avançaient pas, que c'était au contraire la ville qui surgissait autour d'eux et, de son propre chef, les entourait. Scrooge reconnut aussitôt les maisons et les petites rues adjacentes. Il reconnut aussi, plus loin devant eux, deux journalistes, un homme et une femme, auxquels il avait souvent fait passer des informations susceptibles de nuire à ses concurrents ou à d'autres de ses ennemis.

– Je ne sais pas de quoi il est mort, disait le journaliste. Tout ce que je sais, c'est qu'il est mort.

– On a dû lui planter un pieu dans le cœur, répondit sa compagne en plaisantant. Si toutefois on a réussi à trouver son cœur.

Le premier soupira, émettant un petit nuage de glace.

– Il me fait du tort, même dans la tombe. Il n'aurait pas pu choisir un plus mauvais moment pour mourir. C'est une catastrophe pour les révélations que je comptais faire sur ses avoirs fonciers en Amérique centrale. Impossible maintenant d'organiser une confrontation devant les caméras.

– Interroge là-bas les organisateurs de la révolte des planteurs, lui suggéra sa compagne. Tu récolteras sûrement de la bonne vidéo. A l'heure qu'il est, ils sont probablement en train de danser dans les rues.

Les journalistes éclatèrent de rire à cette idée et s'éloignèrent. Scrooge se tourna vers l'Esprit.

– A qui pensaient-ils, Esprit ? De quel homme parlaient-ils ?

Le fantôme ne répondit pas, toussa et pointa le doigt au loin. Scrooge tremblait de la tête aux pieds et rêvait du salon chaud et accueillant de son neveu.

– Pour commencer, déclara-t-il à l'Esprit, je vous dirai que tout ce qui touche au concept de mort, eh bien ce n'est pas vraiment mon fort.

Plus bas dans la rue, Scrooge et son guide mal nourri s'approchèrent de deux hommes qui, sortant d'un bureau, enfilaient leurs manteaux et nouaient leurs écharpes pour se protéger du froid. Etant donné le quartier, leur profession était certainement en rapport avec la loi.

– Sans testament, hein ? dit l'un. Il va y avoir de ces crêpages de chignons !

– Il va falloir des années pour l'homologuer, répondit l'autre. Les créanciers, c'est une chose, mais avec un héritage de cette importance, les ex-épouses ne vont pas facilement lâcher prise.

– Elles devraient faire bien attention à ce qu'elles demandent, répliqua le premier. Une fois les honoraires légaux acquittés, les revenus de ce petit empire risquent de se trouver très amenuisés.

– Ma foi, répliqua le second en gloussant, voyons les choses de cette façon : puisqu'il s'est débrouillé pour ne pas nous payer tant qu'il était en vie, il faut bien qu'une honnête part de son argent nous revienne, en fin de compte.

A mesure que les deux avocats s'éloignaient en riant, leurs pas se faisaient plus légers à la perspective de ces heures abondamment facturables.

Scrooge était choqué par leur dureté.

– J'ai horreur de voir des intelligences juridiques se livrer à ce travail de rapace, dit-il à l'Esprit. Des parasites, oui, tous autant qu'ils sont ! Pour ma part, j'ai peut-être causé la ruine de quelques sociétés et de quelques carrières, mais je ne leur ai jamais demandé un sou pour ça, et je n'ai jamais prétendu être à leur service.

Etant donné ce qu'il savait de la mission de l'Esprit, Scrooge s'efforçait de comprendre quelle leçon il devait tirer de tout ce qu'il voyait, mais les scènes dont il était le témoin ne lui inspiraient que terreur et répulsion. Et le silence implacable de son fantôme de visiteur n'était pas de nature à le tranquilliser.

– Qui est ce mort dont ils parlaient ? demanda-t-il. N'y a-t-il rien d'autre à associer à sa mémoire que cynisme et avarice ? Ne pouvez-vous pas me montrer quelque chose de constructif qu'il aurait accompli avant de perdre la vie, ou quelqu'un pour qui sa présence et son passage sur terre auraient compté ?

L'Esprit le regarda gravement, puis recommença sa mimique, épaules haussées, tête courbée, ricanement. Il/Elle pointa le doigt vers le bout de la rue et, comme indiqué, Scrooge avança dans l'obscurité glacée. Après le tournant, ils se retrouvèrent dans une toute nouvelle partie de la ville, en vue d'un building indescriptible dont le gigantisme était encore souligné par des projecteurs. Scrooge et son médiateur spirituel contournèrent une foule de gens qui faisaient patiemment la queue à la porte en frissonnant, et ils se fondirent dans le mur de béton. Ils émergèrent de l'autre côté, dans un studio de télévision plein de monde. Scrooge reconnut le plateau de l'un de ces talk-shows qui, jouant sur les cordes sensibles des téléspectateurs, font de prodigieux audimats l'après-midi en exploitant le créneau des vies ratées. L'animateur se promenait dans le public avec son microphone et l'invitée de l'émission était seule sur le plateau.

– Pouvez-vous nous dire ce qui s'est passé ensuite ? lui demandait l'animateur.

– Eh bien, les problèmes d'argent avaient toujours créé une tension entre mes parents, expliqua-t-elle, et le souci qu'ils se faisaient pour ma santé ne faisait qu'alourdir encore l'atmosphère. Il a fallu des années pour qu'un diagnostic correct soit enfin établi, mais le mal était fait et ma famille presque détruite.

– Et pouvez-vous nous dire quel était ce diagnostic ?

– J'avais des allergies psycho-environnementales, répondit-elle courageusement, autrement dit tous les gens, tous les endroits, tous les objets qui m'entouraient pouvaient, sans crier gare, faire faire un bond à mon anxiété et me donner de violents maux de tête, ou même une légère urticaire.

– Et vous accusez le patron de votre père d'être le responsable de tout ça ?

– Oui. Il faisait suer mon père sang et eau et la couverture sociale qu'il lui accordait était si misérable que j'ai été mal soignée pendant des années.

– Qu'avez-vous éprouvé quand vous avez appris que l'homme était mort ? demanda l'animateur.

Elle soupira.

– Du soulagement, dit-elle. J'avais l'impression que justice était enfin faite. Puis je me suis sentie terriblement coupable et furieuse d'avoir eu une telle réaction. Cet homme s'était, en quelque sorte, insinué dans mon esprit et n'était pas près de le quitter. Aucun des dommages qu'il m'avait fait subir durant sa vie ne se trouvait adouci par sa mort. Voilà pourquoi j'ai écrit ce livre, pour me délivrer de son emprise et me réconcilier avec moi-même.

– Très bien, et maintenant nous allons marquer une pause, déclara l'animateur. Le livre est intitulé *Mon oppresseur, moi-même.* Tout de suite après, nous reprendrons l'antenne avec Timon Cratchit.

Au signal, le public éclata en applaudissements, ce qui fit faire un bond à Scrooge. Celui-ci regarda, médusé, l'homme qui arrivait sur le plateau. Il ressemblait sans aucun doute au fils de Bob Cratchit, bien que sa taille eût cessé d'être contrariée. Et il avait l'air en pleine forme, malgré son expression pieuse et pitoyable.

– Mais de quoi s'agit-il ? demanda-t-il à l'Esprit. De quelle façon le destin de Timon serait-il lié au mien ? Je ne l'avais jamais vu avant la nuit dernière et, bien qu'il me soit apparu comme un petit garçon tout simplement normal et turbulent, je me suis fait beaucoup de souci pour lui à ce moment-là. Je croyais que vous étiez ici pour vous occuper de *mon* bien-être. Pourquoi me montrer ça ? Qu'ai-je à faire de ses doléances ?

L'Esprit lui jeta un coup d'œil perplexe, comme si ses réactions le déconcertaient. Il semblait qu'il serait beaucoup plus difficile que prévu de faire passer le message à ce mortel-là. Le spectre fit une pause, réfléchissant sans doute à la marche à suivre, puis pointa le doigt au loin comme il l'avait déjà fait si souvent.

Ils traversèrent le mur du studio et se retrouvèrent soudain aux portes d'un cimetière. La neige sifflait dans les herbes qui étouffaient un terrain laissé à l'abandon. Debout parmi les tombes, l'Esprit, en toussant, montrait du doigt une pierre tombale. Désorienté, Scrooge frissonna. Son pouls s'accéléra, comme s'il sentait que son voyage en compagnie du fantôme tirait de façon inquiétante à sa fin.

– Pourquoi sommes-nous venus ici ? demanda-t-il. Je vous l'ai déjà dit, ces choses-là ne sont pas mon fort.

Montrant de nouveau la pierre tombale, l'Esprit lui fit signe de lire ce qui y était gravé.

– Intellectuellement, je sais bien que cela fait partie du grand cycle de la vie, expliqua Scrooge mais, émotionnellement, j'ai un vrai problème avec tout ça. Quant à vous, l'Esprit, vous commencez à devenir un compagnon vraiment déprimant. Toutes ces pauvres mises en scène ne me font aucun bien.

Demandez-moi n'importe quoi d'autre mais, je vous en supplie, ne m'obligez pas à lire cette épitaphe.

Comme toujours, l'Esprit fut inébranlable. Scrooge avança, à genoux et en tremblant. Après avoir écarté les mauvaises herbes, il lut ce qui était gravé sur cette pierre tombale négligée : son propre nom, EBENEZER SCROOGE.

– Non, l'Esprit, non ! s'écria-t-il. A présent vous allez trop loin. Les autres esprits ont suffisamment joué avec mes émotions. Et vous, maintenant, vous venez m'intimider avec tous ces scénarios et ces prétendues conversations, juste pour me confronter à ma propre mortalité ! C'est le plus beau traquenard dont j'aie jamais entendu parler !

Furieux, Scrooge épousseta la neige qui couvrait ses mains et se remit sur pied.

– Vous et vos acolytes, vous devriez vous regarder dans la glace avant de chercher à perfectionner les autres. Toutes ces manœuvres, toutes ces comédies sordides ! En plus de toutes les insultes, de tous les affronts dont vous m'avez couvert ce soir, vous avez décidé de me faire voir que je peux mourir ! Eh bien, non ! Assez c'est assez ! Je ne veux pas de ça, et je ne veux pas de vous !

Stupéfait, l'Esprit écarquillait les yeux. Ma foi, c'était une première, dans son expérience sépulcrale : un homme, face à son inévitable destin, qui affirme que, pour lui, il ne s'agit que d'une option.

– Ramenez-moi sur le plateau de cette émission de TV, déclara Scrooge, et je ferai voir quelque chose à ce petit bébé pleurnichard de Timon. Je lui ferai voir les contraintes qui s'exercent sur vous quand vous possédez votre propre affaire et des employés ingrats et insubordonnés comme son père.

Scrooge s'approcha de l'Esprit d'un air menaçant. Celui-ci, les yeux écarquillés, recula de quelques pas.

– Ramenez-moi à ces journalistes, et je leur ferai voir quel ramassis de sangsues et de rats ils font. Ils veulent me faire passer devant les caméras ? Eh bien, je vais leur fournir de la bonne vidéo !

Scrooge avait attrapé l'Esprit par le bras et le tenait ferme, tandis que le fantôme, totalement ahuri, se débattait pour lui échapper.

– Ramenez-moi devant eux tous ! Je leur dirai leurs quatre vérités, à ce tas de geignards ! Ils s'imaginent qu'un patron qui est à la tête de son affaire connaît toutes les réponses à leurs problèmes et peut les résoudre tous, et ils méprisent en lui leur propre impuissance ! Ils ne comprennent pas la vie que j'ai ! Je mérite un meilleur traitement !

Et tandis qu'ils luttaient tous les deux, l'Esprit se transformait peu à peu sous les yeux de Scrooge. Ses cheveux s'aplatissaient, son corps s'amollissait... et Scrooge se retrouva finalement en train de se battre avec une gigantesque gerbe de fleurs séchées.

Cinquième couplet :
La fin de tout

Oui ! Et cette gerbe de fleurs séchées lui appartenait. La natte sur laquelle il était couché lui appartenait, la lampe halogène lui appartenait. Et mieux que tout, le temps qu'il avait devant lui lui appartenait aussi, pour y concocter sa vengeance. « Et voilà ! J'en ai fini ! se dit Scrooge, soulagé. Les esprits ont terminé leur travail en une nuit ! Et tiens-toi bien, Jacob Marley : ils ne m'ont pas eu ! »

Scrooge sauta de sa natte et déambula dans la chambre, examinant tout pour s'assurer qu'il était bien éveillé. Et ce faisant, il continuait de se parler à lui-même : « Quelle audace ! Me jeter à la figure ma possible mortalité. *Tous* pleins d'audace, à essayer de me donner un sentiment de culpabilité ! Ha ! Ils m'auraient plutôt démontré que je suis le produit de mon environnement ! Toutes ces pressions qui s'exercent sur les hommes blancs ! Pas étonnant si je suis comme je suis ! Ce n'est absolument pas ma faute ! »

Il fonça dans le salon sans même prendre le temps de s'habiller correctement. Il était trop excité, trop indigné, trop impatient d'exécuter ce que les Esprits lui avaient suggéré. « Merci, Jacob ! Tu m'as envoyé des fantômes pour me permettre de découvrir la réalité et la vérité ! Et j'ai découvert la vérité, celle que j'avais toujours soupçonnée : tout le monde est contre moi et me tient pour responsable de ses problèmes. Alors, qui est la véritable victime dans tout ça ? Moi ! Voilà qui ! »

Cette révélation plongea Scrooge dans un vertige cérébral. Il conçut de nombreux plans d'action pour la journée et pour le futur proche.

– Je vais créer une émission à la radio pour tous les hommes blancs maltraités et sous-estimés de ce pays, lança-t-il dans le vide qui l'entourait. Non, plutôt une chaîne câblée. Non, encore mieux : je vais ouvrir un bureau pour défendre les intérêts des hommes blancs et des hommes d'affaires partout dans le monde ! Houp ! Ha, ha !

Et Scrooge, que sa propre agitation amusait, se mit à rire, d'un rire qui eût certainement glacé n'importe qui l'aurait entendu.

Sans même se donner le temps de prendre son habituel petit déjeuner de gruau-galettes, Scrooge quitta rapidement son condo : il avait tellement de choses à faire ! Il fallait mettre Bob Cratchit à la porte pour chapardage et parasitisme ! Il fallait rédiger un testament pour ne laisser à chacune de ses ex-femmes que les yeux pour pleurer ! Il avait beaucoup à faire, mais d'abord il devait aller au bureau. Où donc était sa Volvo ?

– Pauvre de moi ! Je suis tellement surexcité que j'ai dû passer devant sans la voir ! Ha, ha !

Scrooge retourna sur ses pas, puis refit le chemin inverse. Il savait exactement où il avait laissé sa voiture, la veille au soir dans ce petit parking, mais maintenant la place était vide.

– Alors quoi ? Où ? s'écria Scrooge qui n'en

croyait pas ses yeux. Où est-elle ? Qui aurait l'idée de voler une Volvo vieille de dix-neuf ans ? !

Furieux, il allait rentrer précipitamment pour téléphoner à la police quand une autre vive lumière jaillit, qui le laissa un moment visuellement non réceptif. Enfin remis, il aperçut devant lui ce qui devait être encore un esprit, bien que son apparence fût des plus terrestre et banale (non que le terrestre et le banal ne recèlent aussi quelque magie).

Donc, face à lui, se tenait ce qui semblait être une femme entre deux âges, en tailleur de polyester bleu marine terriblement loin en arrière de la mode. Ses cheveux étaient empilés, légèrement de travers, sur sa tête, et ses lunettes, perchées sur le bout de son nez, étaient retenues par une chaîne autour du cou. Elle était plongée dans la lecture d'un bloc qu'elle tenait en main. Toute sa personne exprimait une complète indifférence. Au revers de sa veste, en l'honneur de la période, elle portait un Saint-Nicolas en plastique mignon tout plein, qui gesticulait comme un(e) pantin(e) quand on tirait sur sa petite ficelle.

– M. Scrooge ? demanda-t-elle sans quitter son bloc des yeux. Ebenezer Scrooge ?

– C'est bien moi, répondit-il, un rien agacé. Que me voulez-vous ? Je suis très pressé.

– Je n'en doute pas, répliqua-t-elle sans s'émouvoir.

Elle feuilleta quelques pages de son bloc puis leva les yeux.

– Je suis venue vous présenter des excuses officielles pour ce qui s'est passé hier soir. Il s'agit d'un malentendu.

Scrooge n'en croyait pas ses oreilles.

– Comment ? Mais qui êtes-vous ? D'où savez-vous ce qui s'est passé hier soir ?

– Je suis l'Esprit Superviseur des Thérapeutiques Médiatrices, répondit le spectre. Je suis chargée de coordonner les clientèles de tous les médiateurs spirituels qui, à cette époque de l'année, travaillent à aider les personnes à changer pour le mieux. Je vous ai envoyé des esprits, hier soir, ainsi que Rupert, le chauffeur. Mais mes ordres se sont un peu embrouillés à la réception, et je crains que vous n'ayez été soumis à une thérapie erronée.

Scrooge en resta la bouche ouverte. Il avait beau en avoir beaucoup vu, il ne se serait jamais attendu à un pareil coup de tonnerre ! Il sentait la moutarde lui monter au nez.

– Qu'entendez-vous par « thérapie erronée » ? Comment une chose pareille est-elle possible ?

– Nous faisons de notre mieux, mais il arrive que nous commettions des erreurs.

– Alors Marley ? Il....

– Inutile d'accuser une ombre en particulier. Vous devez comprendre que nous rééduquons des milliers de personnes chaque jour et que nous sommes particulièrement débordés à cette époque de l'année. Vous savez certainement vous-même combien il est difficile, pendant les jours de fête, d'obtenir qu'un travail soit fait.

– Bureaucratie spirituelle interventionniste et incompétente ! grogna Scrooge.

– Je vous présente mes excuses pour le dérangement, répliqua hypocritement le Superviseur avec un empressement excessif, mais c'est pour votre bien et celui de tous.

« Eu égard à votre profil psychologique, M. Scrooge, la méthode thérapeutique d'hier soir ne pourrait vous être d'aucune utilité et pourrait même renforcer vos traits négatifs. Je crains que ce ne soit ce qui s'est déjà passé. Toutefois, il existe d'autres traitements.

– Quels autres traitements ? demanda Scrooge. Je ne permettrai pas...

– Il y a Régression dans le passé – Progression dans l'Avenir, celui que vous avez eu hier soir. Pour ceux qui sont gravement déprimés nous avons l'Aboutissement Alternatif Négatif, que dans notre profession nous appelons la séance « George Bailey ». Mais pour vous, M. Scrooge, nous avons quelque chose de plus direct et de plus traumatisant. Mais, croyez-moi, c'est pour votre bien.

– Qu'entendez-vous par « traumatisant » ? demanda Scrooge. On ne peut pas dire que j'aie eu droit, hier soir, à ce qu'on appelle une promenade de santé.

– Votre ligne de traitement fait appel à l'Expulsion Accélérée du Matérialisme, lui expliqua le Superviseur. Vous serez dépossédé de tous les biens de ce monde auxquels vous attachez tant d'importance. Afin de vous éprouver, nous allons être obligés de mener votre affaire à la ruine. Pour commencer, selon une enquête parlementaire qui va être rendue publique demain, il existerait un lien indiscutable entre café et maladie de foie. La valeur de votre stock va s'effondrer et tous vos actionnaires, vous y compris, vont essuyer des pertes considérables.

Scrooge fut pris de panique.

– Non ! Attendez ! Mon magasin... il faut que j'y aille !

– Ce n'est pas la peine. Il est déjà en flammes, il n'y a plus rien à faire.

Ce second coup le fit vaciller. Le travail de toute une vie s'en allait en fumée, et il n'avait pas reconduit son assurance, elle était périmée depuis une semaine !

– C'en est trop, déclara-t-il d'une voix tremblante. J'ai besoin d'un verre d'eau. Laissez-moi entrer une minute.

– Oh, j'ai failli oublier, s'écria le Superviseur.

Il sortit de sa poche une petite télécommande, la tripota maladroitement pour la mettre dans le bon sens, et puis appuya son pouce sur un gros bouton rouge. Ciel ! Un bruit à vous percer le tympan ! Une violente explosion arracha les fenêtres de l'appartement de Scrooge, envoyant des débris de verre cassé dans toute la cour.

– Et voilà. A présent, vous êtes sur le chemin de la guérison. Félicitations.

Scrooge s'affaissa et s'assit par terre. Il était vraiment et complètement ruiné. Brisé, abasourdi, presque privé de vie, il leva les yeux sur le Superviseur et se mit à gémir, autant pour lui-même que pour le fantôme :

– Et maintenant ? Et maintenant ?

– Croyez-moi, M. Scrooge, lui dit le Superviseur avec sincérité, dans notre service nous savons ce que nous faisons, mis à part nos petites pagailles recensées. Quand vous serez remis de ces déconvenues, vous comprendrez beaucoup mieux ce qui, en ce monde, a de la valeur et ce qui n'en a pas.

– Mais il ne me reste plus rien ! cria Scrooge. Qu'est-ce qui pourrait bien avoir de la valeur pour moi, maintenant ?

– Au moins une chose, lui rappela le fantôme, bien que je m'écarte de mon rôle en vous le disant. Vous êtes toujours le bénéficiaire d'une invitation chez votre neveu. Je vous suggère d'en profiter et d'user un peu de son hospitalité. Jouez à Négatégories, regardez peut-être les Grinch à la télévision. Vous avez besoin de renouer avec les personnes qui vous entourent, et commencer cela chez Fred me paraît tout indiqué. Cela a été un plaisir d'être à votre service, M. Scrooge, et excusez-moi encore pour hier soir.

Son bloc sous le bras et apparemment sans effort, le Superviseur s'éloigna et disparut.

Ne sachant que faire d'autre, Scrooge suivit donc le conseil de l'Esprit Superviseur. Il s'arrangea pour se faire prendre en stop par un chauffeur de poids lourd qui transportait une cargaison de dindes surgelées et, en un rien de temps, il arrivait chez son neveu et frappait à sa porte. Il s'efforça de s'amuser avec Fred et sa femme, bien que ce fût tout à fait nouveau pour lui, et fort désagréable, de faire ainsi amende honorable.

Avec le temps Scrooge, qui travaillait dur pour apprendre les leçons que ses malheurs étaient censés lui enseigner, finit par atteindre son but. Pendant qu'il reconstituait sa société, il apprit la valeur de l'amitié (principalement de celle des initiés, banquiers et industriels, qui l'aidaient à se remettre sur pied) et de la coopération. Il apprit à donner, en particulier aux politiciens qui seraient amenés à protéger ses intérêts. Il apprit enfin qu'il n'était pas seul au monde et, par conséquent, soigna davantage son image de marque.

Finalement, après l'intervention de ses médiateurs spirituels, Scrooge s'appliqua, de la façon qui lui était la plus utile, à suivre leur enseignement à la lettre (sinon dans ses véritables intentions), car ce qu'il craignait par-dessus tout c'était d'avoir à affronter de nouvelles thérapies, ou de nouveaux voyages spirituels, en compagnie du Fantôme mal élevé du Cadeau de Noël.

TABLE

Achevé d'imprimer le 15 octobre 1997
sur presse Cameron
par ***Bussière Camedan Imprimeries***
à Saint-Amand-Montrond (Cher)
pour le compte des éditions Grasset
61, rue des Saints-Pères, 75006 Paris

N° d'Édition : 10534. N° d'Impression : 1/2794.
Dépôt légal : novembre 1997.

Imprimé en France

ISBN 2-246-52391-5